AQUE PIÈCE, **20** CENTIMES.
293ᵉ ET 294ᵉ LIVRAISONS.

THÉATRE CONTEMPORAIN ILLUSTRÉ

MICHEL LÉVY FRÈRES, ÉDITEURS,
RUE VIVIENNE, 2 BIS.

ANDRÉ GÉRARD

DRAME EN CINQ ACTES, EN PROSE

PAR

VICTOR SÉJOUR

Représenté pour la première fois, à Paris, sur le théâtre impérial de l'Odéon, le 30 avril 1857.

DISTRIBUTION DE LA PIÈCE.

ANDRÉ GÉRARD, artiste graveur	MM	FRÉDÉRICK-LEMAÎTRE	RICHEBOURG	MM.	BARRE.
TRUPHÈME		PIERRON.	JOSEPH, domestique		ROGER.
MORAND, général en retraite		TISSERANT.	CHARLES, fils d'André, 8 ans		CONSTANT.
HENRI, son fils		GUICHARD.	MARGUERITE, fille d'André Gérard	Mᵐᵉˢ JANE ESSLER.
LE DOCTEUR		LAUTE.	LOUISE, femme de général Morand		RANELLI.
SIMON, marchand de gravures		SAINT-LÉON.	MARCELLE, femme d'André		CHATILLON.
GUÉNERSAN,		DELILLE.	VALENTINE, fille d'André, 6 ans		VALENTIN.
VAREC, amis du général		FOURNIER.	ROSE, femme de chambre de Louise		DARTY.
TOURNAY,		LOROT.			

La scène se passe à Paris, en 1844.

A ACHILLE DENIS

Bon et cher Ami,

Permets-moi de te dédier le moins mauvais de mes drames, le plus moral surtout. Ta critique lui a donné une valeur, critique haute et sincère qui est à la fois un encouragement et un honneur pour moi.

Ce drame tant discuté, le voici : c'est un tableau douloureux, incomplet et confus, je le veux bien, incohérent comme le monde que j'ai vu, j'y consens, mais éclairé par ma conscience et disposé par la réalité.

Personne plus que moi ne se préoccupe du but et de la moralité du théâtre. J'ai essayé de faire même de Truphème une sorte d'enseignement : selon moi, c'est l'oisiveté qui commence par l'ironie des plus saintes institutions sociales, passe par le vol et finit par le crime.

En face de cet être abject, j'ai glorifié André, cet honnête homme criminel que j'appellerai volontiers l'invalide du travail. Comme la guerre, le travail a ses invalides. Les uns sont justement entourés de la gloire et de la considération de leur pays, mais que deviennent les autres?... Toute la pensée de mon œuvre est là.

Le public m'a compris, du reste ; la jeunesse des écoles, cette jeunesse sévère et intelligente m'encourage chaque soir. Je sais que la plus grosse part de l'approbation publique revient de droit aux acteurs qui m'ont si bravement soutenu, et que Frédérick-Lemaître est toujours le grand et sublime élément de succès.

On a beaucoup parlé de cette pièce, beaucoup trop, et beaucoup trop aussi de mes tendances littéraires ; ce n'est pas une question de forme qui me sépare de certains écrivains, c'est une question de principe et d'idée.

L'art est une succession de sommets. Je me contente d'être placé au degré le plus bas, pourvu que je puisse contempler, sur les hauteurs, mes deux maîtres Shakspeare et Victor Hugo, ces sources de grandeur et de vérité. J'aime les torrents, même dans leurs plus bruyantes horreurs ; je hais les filets d'eau, même dans leurs fantaisies et leurs grâces.

Tout à toi,

VICTOR SÉJOUR.

Tous droits réservés

ACTE PREMIER

L'atelier d'André Gérard. Un poêle à gauche; à droite, dans l'angle, un petit escalier montant à l'étage supérieur. Une table de graveur devant la fenêtre à droite.

SCÈNE PREMIÈRE

MARCELLE, MARGUERITE, VALENTINE, CHARLES.

Marcelle, assise près du poêle, pose des rubans à un bonnet. Marguerite habille Valentine. Charles écrit sur une table dans le fond.

MARGUERITE, mettant les souliers à Valentine.
Voyons, mademoiselle, vous irez jouer après. (A Marcelle.) Je ne connais pas de démon pareil. (A Valentine, qui retire son pied.) Je vais me fâcher!

MARCELLE, lui montrant son bonnet.
Est-ce bien comme ça?

MARGUERITE.
Un peu plus à gauche. (Elle va à Marcelle et arrange le ruban.)

MARCELLE.
Ton père est sorti seul?

MARGUERITE, retournant à Valentine.
Il est allé chez monsieur Simon, il a voulu lui-même lui remettre sa planche.

MARCELLE.

Je lui ai trouvé l'air étrange ce matin.

MARGUERITE, tout en agrafant la robe de Valentine.

Moi aussi... il n'a sans doute pas été satisfait de la vente de ses gravures.

VALENTINE, laissant tomber sa poupée.

Ah ! ma poupée !

MARGUERITE, la retenant.

Valentine ! (Allant prendre un tablier blanc dans une armoire.) Je n'aurais jamais cru que mon père consentirait à se défaire de cette curieuse collection. (Elle met le tablier à Valentine.)

MARCELLE.

Il se déferait de sa vie, s'il savait en faire du bonheur pour nous.

VALENTINE, à Marguerite, tout en jouant à la poupée.

Et ses yeux ?

MARGUERITE, bas.

Tais-toi !

MARCELLE.

Ses yeux ?

VALENTINE.

Mais oui... un éclair l'avait presque aveuglé.

MARGUERITE, à Valentine.

Mais tais-toi donc !

VALENTINE.

Méchante, tu me fais mal.

MARCELLE, à Marguerite, en se levant.

Que veut-elle dire ?

MARGUERITE, à Valentine.

On vous avait pourtant bien recommandé de vous taire..... vous êtes une bavarde, allez-vous-en ! (Valentine va jouer dans un coin avec son frère.)

MARCELLE.

André a donc couru un danger ?

MARGUERITE.

Mais non, non... — Voilà trois jours, il travaillait sans châssis... le temps était sombre... l'orage s'amassait... tout à coup un éclair vint frapper la plaque d'acier qu'il pointillait... il porta convulsivement ses mains à ses yeux en poussant un cri aigu... Je courus à lui... Attends, me dit-il en me regardant avec angoisse... puis il m'embrassa en s'écriant : Je craignais de ne plus te voir ! (Mouvement de Marcelle.) Oh ! rassure-toi... tu en seras quitte pour la peur comme nous... Il a vite ramassé son burin et s'est remis au travail.

MARCELLE, s'asseyant.

Je ne suis plus bonne à rien, moi, pas même à mourir pour vous !

ANDRÉ GÉRARD, entrant.

Tu n'es pas difficile.

LES ENFANTS, courant à lui.

Ah ! papa !

ANDRÉ GÉRARD, les embrassant, à Valentine.

Tiens, gourmande. (Il lui donne des gâteaux, et à Charles aussi. A Marcelle.) Nous ne te demandons que de vivre pour être heureux.

SCÈNE II

LES MÊMES, ANDRÉ GÉRARD.

MARCELLE.

As-tu trouvé monsieur Simon ?

ANDRÉ GÉRARD.

Non, il venait de sortir. J'ai laissé ma gravure, j'espère qu'il en sera content. (A part.) Voilà trois fois que j'y retouche !

MARCELLE.

J'attends le docteur, si tu le consultais pour tes yeux ?

ANDRÉ GÉRARD, à Marguerite.

Voyons, qu'avais-tu besoin de parler de cela à ta mère ?

MARGUERITE.

Moi ou une autre, qu'importe ?... ma mère te grondera, et tu ne recommenceras plus, de peur de l'inquiéter.

ANDRÉ GÉRARD, à Marcelle.

J'ai souffert un moment... une douleur fugitive comme l'éclair qui l'avait fait naître. Ah !... j'ai retrouvé mes deux paysages de Berghem chez le brocanteur d'en face.

MARCELLE.

Hélas !... et c'est encore à cause de moi...

ANDRÉ GÉRARD.

Que je les ai vendus, n'est-ce pas ?... Eh ! non... Ces paperasses encombraient mes cartons... (A part.) J'ai pu éviter la saisie au moins.

MARCELLE.

La malédiction de ton père pèse encore sur nous.

ANDRÉ GÉRARD.

Ta, ta, ta... les pères maudissent des lèvres en pardonnant du cœur.

MARCELLE.

Tu t'es marié contre son gré, c'était un tort.

ANDRÉ GÉRARD.

Bien, gronde-moi maintenant.

MARCELLE.

Pour ménager sa susceptibilité, tu ne portes même pas son nom.

ANDRÉ GÉRARD, riant.

Cela ferait si bien sur une enseigne : Monsieur le vicomte de Sivry... graveur !... Pourquoi pas tout de suite un écusson ?

MARCELLE.

Ton père n'a jamais voulu te revoir, et voilà de ça vingt ans !

ANDRÉ GÉRARD.

Rancune de vieillard. Ah ! le docteur ! (Le Docteur entre.)

SCÈNE III

LES MÊMES, LE DOCTEUR.

LE DOCTEUR.

Bonjour, mes amis.

ANDRÉ GÉRARD.

Figurez-vous, mon bon docteur, que ma femme m'a boudé toute la journée d'hier de ce qu'elle ne vous avait point vu.

MARCELLE.

Nous avions un dîner moins mauvais que de coutume, je vous ai regretté.

ANDRÉ GÉRARD.

On ne peut plus se passer de vous.

LE DOCTEUR, tâtant le pouls à Marcelle.

Je l'espère bien. (A part.) Cette fièvre ne cesse pas. (A Marguerite.) Vous a-t-on envoyé ce que j'ai demandé, mon enfant ?

MARGUERITE.

Oui, docteur.

LE DOCTEUR.

Donnez, je préparerai moi-même la potion. (Il se met à une table au fond.)

ANDRÉ GÉRARD, bas au Docteur.

Sa maladie s'aggrave ?

LE DOCTEUR.

Non.

MARCELLE, à André.

Que dis-tu là tout bas au docteur ?

ANDRÉ GÉRARD, reprenant son air gai.

Rien ! (A Marguerite.) Tu ne m'as pas encore embrassé ?

LES ENFANTS.

Et moi, papa ! (Ils l'entourent.)

ANDRÉ GÉRARD, les serrant dans ses bras, au Docteur.

Ah ! docteur, voilà ce qui prouve que nous sommes tous au même degré les enfants de Dieu... Ce sont ces chers petits êtres qui grandissent gaiement sous le toit du pauvre comme dans le palais du riche...

MARCELLE.

Nous accompagneras-tu à l'église, André ?

ANDRÉ GÉRARD.

Non...

MARGUERITE, aux enfants.

Allez mettre le couvert. (Les enfants montent.)

ANDRÉ GÉRARD.

Le travail est une prière aussi... C'est comme si on disait à Dieu : « Ayez pitié de moi, Seigneur, et faites que je gagne aujourd'hui et demain le pain quotidien de ma famille !... »

LE DOCTEUR.

Un peu de repos ne nuit pas.

ANDRÉ GÉRARD.

Je passe des nuits excellentes.

MARGUERITE.

Ah ! tu peux t'en vanter !... Docteur, voyez ses yeux fatigués.

MARCELLE.

Marguerite a raison, grondez-le.

ANDRÉ GÉRARD, au Docteur.

Vous voyez, on conspire contre moi... (A Marcelle.) Oh ! sois tranquille, je me ferai soigner désormais comme un impotent.

MARCELLE.

Il est incorrigible.

LE DOCTEUR, remettant la potion à Marcelle.

Une cuillerée toutes les deux heures.

MARCELLE.

Merci.

LE DOCTEUR.

Excusez-moi, j'ai un malade qui m'attend.

ANDRÉ GÉRARD, le reconduisant, bas.

Elle n'est pas plus souffrante ?

LE DOCTEUR.

Non.

ANDRÉ GÉRARD.

Peut-elle sortir?

LE DOCTEUR.

Le grand air lui donnera des forces. (Bas.) Votre femme m'inquiète moins que vous, André, vous devriez vous étudier à tromper votre sensibilité. (Haut.) A demain. (Il sort.)

SCÈNE IV

ANDRÉ GÉRARD, MARGUERITE, MARCELLE.

MARCELLE, à André.

Tu as encore parlé bas au docteur... Est-ce que tu me crois plus malade?

ANDRÉ GÉRARD.

Du tout... je te trouve beaucoup mieux, au contraire... (Montrant Marguerite.) Notre fille a encore grandi.

MARGUERITE.

Ne falla-t-il pas rester toujours au maillot?

ANDRÉ GÉRARD, la prenant sur ses genoux.

Mauvaise herbe croît vite!... Et les enfants, t'ont-ils bien tourmentée ce matin?

MARGUERITE.

Ne m'en parle pas... j'ai eu toutes les peines du monde à les habiller.

ANDRÉ GÉRARD.

A leur âge tu étais comme eux... Je me souviens de t'avoir mise un jour en pénitence, les mains liées derrière le dos, tu as encore trouvé le moyen de jouer à la balle avec ton pied.

CHARLES, de l'escalier.

Maman, le couvert est mis.

MARGUERITE, à André.

Viens?

ANDRÉ GÉRARD.

Non... dînez sans moi, je n'ai pas faim... (Il les reconduit.) Et puis, j'ai cette figure à revoir. (Elles montent.)

SCÈNE V

ANDRÉ GÉRARD, se mettant à sa table de travail et secouant la tête.

Ce dessin!... mes yeux me brûlent!... ah! j'ai la fièvre... la fièvre du doute et de l'inquiétude!... (Il travaille.) Simon a dû être content... sans cela... oh! sans cela, il serait déjà ici criant sur mes talons... (Passant la main sur ses yeux.) Encore ces éblouissements!... j'ai peut-être eu tort de tant travailler... Cet éclair... voyons, où en étais-je?... (Il travaille.) Je n'ai plus la même sûreté de main... le même coup d'œil, peut-être!... (Se levant.) Ah! (Il marche à grands pas.) Si j'allais perdre la vue! (Truphême entre.)

SCÈNE VI

ANDRÉ GÉRARD, TRUPHÈME.

TRUPHÈME.

Monsieur Gérard?

ANDRÉ GÉRARD.

C'est moi, monsieur.

TRUPHÈME.

Je désire voir vos gravures.

ANDRÉ GÉRARD.

Elles sont vendues.

TRUPHÈME.

Vendues?... (Avec impatience.) Ah!... le général Morand en sera désespéré... il tenait surtout à cette bataille de... (Le regardant avec attention.) Mais attendez donc... vous vous nommez André Gérard?... mais vous êtes de... l'Eauzan?

ANDRÉ GÉRARD.

Oui, monsieur.

TRUPHÈME.

André Gérard de Sivry?

ANDRÉ GÉRARD.

Vous connaissez ma famille?

TRUPHÈME.

Touche là, je suis Truphême...

ANDRÉ GÉRARD.

Vous?

TRUPHÈME.

Eh! parbleu, oui, Truphême, le petit vagabond du Mont-Diable!

ANDRÉ GÉRARD.

Je ne te remettais pas d'abord!...

TRUPHÈME.

Truphême, qui, d'envie, déchirait tes habits... (Ils se serrent les mains.) Comme on se retrouve, hein!..

ANDRÉ GÉRARD.

Je te fais mon compliment, les années ne t'ont pas changé.

TRUPHÈME, à part.

Je ne lui en dirai pas autant. (Haut.) Te souviens-tu des grands bois où nous philosophions jadis?... Tu prêchais le devoir, moi le plaisir.

ANDRÉ GÉRARD.

L'oisiveté surtout...

TRUPHÈME.

Et l'oisiveté est la mère prodigue de tous les vices?.. Je te remercie. Tu étais le travail, toi... et le travail est la mère féconde de toutes les vertus!... (Le saluant.) Tu es modeste. (A part.) Cet être-là m'a toujours fait l'effet d'une épigramme. (S'asseyant.) Enfin, nous nous sommes séparés en nous jurant de n'avoir jamais de secrets l'un pour l'autre... Es-tu heureux?

ANDRÉ GÉRARD, s'asseyant.

Je t'admire... tu es vêtu avec un goût parfait... Tu as donc fait fortune... tu es donc riche?

TRUPHÈME.

Oui, à la surface.... Je me nomme aujourd'hui Truphême de l'Eauzan... J'ai pris ce nom pour le monde, comme on prend un passeport pour visiter l'Espagne ou les Alpes... Çà, voyons, es-tu heureux, toi?...

Sans doute.

TRUPHÈME.

Et tu travailles?

ANDRÉ GÉRARD.

J'ai trois enfants et une femme à nourrir!

TRUPHÈME.

Tu es prodigue...

ANDRÉ GÉRARD.

Ma richesse, c'est ma famille; mon luxe, c'est la gaieté et la santé de mes enfants. Tu ne connais pas la saine volupté que cache l'enfantillage heureux de ces petits êtres. Une coquette est moins fière de son collier de perles que je ne suis heureux de leurs petits bras autour de mon cou.

TRUPHÈME.

Vraiment!

ANDRÉ GÉRARD.

Je suis tout d'instinct pour eux... comme les bêtes pour leurs petits... Je me mets sur les pattes quand on les approche, je montre les dents quand on les menace, je mords et déchire quand on les touche.

TRUPHÈME.

Et ton père?

ANDRÉ GÉRARD, se levant.

Mon père?

TRUPHÈME.

Je comprends... il ne t'a pas encore pardonné?

ANDRÉ GÉRARD.

J'ai eu les premiers torts.

TRUPHÈME.

Il saura vous trouver s'il a un jour besoin de vous.

ANDRÉ GÉRARD.

Ma maison serait la sienne.

TRUPHÈME.

Moi, du moins, je n'ai pas de ces craintes à avoir. J'ai été ramassé sur une pierre par la chevrière du Mont-Diable. La vieille est morte, je lui ai survécu, et me voilà!

ANDRÉ GÉRARD.

Pauvre abandonné!

TRUPHÈME.

Oh! ne me plains pas, mon isolement me dispense de m'occuper des autres. L'amour même ne me tourmente pas, car l'estomac a tué le cœur.

ANDRÉ GÉRARD.

Tu te calomnies!...

TRUPHÈME.

Dieu m'en garde!... c'est une dépense d'esprit que je laisse à mes amis.

ANDRÉ GÉRARD.

Tu n'aimes personne?

TRUPHÈME.

Je hais surtout.

ANDRÉ GÉRARD.

Quels sont tes ennemis?

TRUPHÈME, se levant.

Les hommes.—Ah! les hommes!... composé mesquin d'hypocrisie et de bassesse!

ANDRÉ GÉRARD.

Est-ce leur faute si tu n'as pas connu ta mère?

TRUPHÈME.

Ma mère?...—Tiens, parlons d'autres choses...

ANDRÉ GÉRARD.

Tu as un état?

TRUPHÈME.

Un état charmant.

ANDRÉ GÉRARD.

Quel est-il?

TRUPHÈME.

Je dîne en ville.

ANDRÉ GÉRARD.

Un parasite?

TRUPHÈME.

Entends-tu par parasite un homme qui ne fait rien, ne veut rien faire et vit comme il peut... est-ce cela?

ANDRÉ GÉRARD.

Chevalier d'industrie, si tu aimes mieux?...

TRUPHÈME.

De toutes les industries, oui.— Où est le mal, de vivre de son esprit quand tant de sots vivent de leurs sottises?... Je n'en suis pas fier, voilà tout.

ANDRÉ GÉRARD.

Tu amuses les autres?

TRUPHÈME, se promenant dans l'atelier en examinant les tableaux avec son lorgnon.

Et j'en profite!

ANDRÉ GÉRARD.

Prends garde, Truphème, l'oisiveté conduit...

TRUPHÈME.

Au crime, oui, je sais cela... je prendrai le chemin le plus long, sois tranquille. A propos, ton brave homme de père a été gravement malade.

ANDRÉ GÉRARD, douloureusement.

Il ne me l'a même pas fait savoir!

TRUPHÈME.

Rassure-toi... il se porte bien à cette heure... Une rechute seule est à craindre. —Seras-tu son héritier?

ANDRÉ GÉRARD.

Il songera peut-être à mes enfants!

TRUPHÈME.

Il a un bâtard... Il le croit du moins... et cette dernière vanité peut vous être fatale. (Redescendant.) Porterais-tu son deuil?

ANDRÉ GÉRARD.

Ce n'est plus du cynisme, c'est de l'impiété.

TRUPHÈME.

Je n'ai pas de préjugés.

ANDRÉ GÉRARD.

Songez à Dieu.

TRUPHÈME.

La vie est longue!...

ANDRÉ GÉRARD.

La vieillesse viendra.

TRUPHÈME.

Il n'y a que les imbéciles qui vieillissent. (Simon paraît sur le seuil.)

ANDRÉ GÉRARD.

Et les égoïstes aussi, croyez-moi.

TRUPHÈME.

Alors l'hôpital est là.

SIMON, entrant.

Vous avez de beaux principes, monsieur!

ANDRÉ GÉRARD, à part.

Simon! .

TRUPHÈME, saluant Simon.

A votre service. (A André.) J'attends aujourd'hui même des lettres de l'Euzan... tu sais... de la petite Fanchette... mon premier amour... elle m'envoie de temps en temps des cigares, que je fume à son intention.—En veux-tu un?

ANDRÉ GÉRARD.

Merci.

TRUPHÈME, allumant son cigare.

Oh! tu es sans défaut... Tu n'as que des vertus, toi.— Adieu... je te donnerai des nouvelles du pays en passant. (Il sort.)

SCÈNE VII

ANDRÉ GÉRARD, SIMON.

SIMON, raillant.

Une belle connaissance, monsieur André... mais bien digne de l'homme à qui j'ai eu la sottise d'avancer deux cents francs, et qui, pour la troisième fois, me renvoie cette planche inachevée.

ANDRÉ GÉRARD, à part.

Il me la rapporte encore!... (Haut, en regardant la planche à la loupe.) Cette planche, monsieur?... mais la draperie est faite... le fond est retouché?

SIMON.

Vraiment?

ANDRÉ GÉRARD.

Le dessin est correct... très-correct... voyez!

SIMON.

En vérité?

ANDRÉ GÉRARD.

J'ai aussi arrêté l'ombre portée du pied...

SIMON, lui montrant l'épreuve.

Oui... mais vous l'avez à peine teintée et l'avez grossie, voilà tout.— Quant à cette draperie... tenez... c'est indigne!... la bordure n'existe même pas!...

ANDRÉ GÉRARD.

Que dites-vous?... (Il regarde tour à tour le dessin et l'épreuve.) Mais, monsieur... mais, regardez... tout y est... je n'ai rien oublié... j'ai copié fidèlement...

SIMON.

Fidèlement?!... et la petite guirlande, et le lointain, où sont-ils?... ah! fidèlement?!... mais où sont-ils enfin, où sont-ils?...

ANDRÉ GÉRARD.

Taisez-vous, vous m'effrayez!... Suis-je le jouet d'un rêve?... Mais vous vous faites un plaisir de me torturer, monsieur! (Regardant le dessin.) Où voyez-vous cette guirlande... où voyez-vous ce lointain?

SIMON.

Je n'ai rien à vous dire de plus, monsieur, sinon que je vous ai avancé de l'argent pour faire soigner votre femme chez vous, et qu'il ne fallait pas le prendre, cet argent... c'eût été plus honorable.

ANDRÉ GÉRARD, regardant.

Cette guirlande... ce lointain... (Passant la main sur ses yeux.) Ah! ce nuage!... (Regardant la planche.) Je les cherche en vain!... (Avec désespoir.) Ah! mon Dieu!

SIMON.

Il devient fou!... (Il prend son chapeau.)

ANDRÉ GÉRARD, le retenant.

Non!... ne me quittez pas!... j'ai peur!...

SIMON, le repoussant,

Peur?... eh! de quoi?

ANDRÉ GÉRARD.

Ah! tenez, par pitié, répondez-moi... Où voyez-vous cette guirlande... où voyez-vous ce lointain?...

SIMON.

Je vous laisse cette planche pour la dernière fois... Si demain elle n'est pas terminée, je la donnerai à un autre.

ANDRÉ GÉRARD.

Oui, oui!... mais au nom du ciel, monsieur... au nom de tout ce qui vous est cher en ce monde, jurez-moi que ce lointain et que cette guirlande existent!

SIMON.

Si vous êtes aveugle, allez consulter un oculiste!

ANDRÉ GÉRARD, suppliant.

Monsieur! monsieur! (Simon sort avec un geste d'impatience.)

SCÈNE VIII

ANDRÉ GÉRARD, seul.

Qu'est-ce que cela veut dire?... (Il examine le dessin.) Mais cet homme est fou!... (Il regarde.) Oh! oui, fou ou aveugle! (Frissonnant.) Aveugle? lui!... Si c'était moi... moi!... moi!... (Il marche à grands pas.) Voyons... voyons... calmons-nous... (Il regarde le dessin.) Rien!... Je vois le soleil pourtant!... aveugle pour le travail peut-être!... Le travail!... mais c'est la vie... mais c'est le pain de ma femme et de mes enfants!... et Dieu m'infligerait cette double torture de voir assez pour compter leurs larmes, et pas assez pour les arracher à la misère!... oh! non!... la mort plutôt!... (Portant la main à ses yeux.) Mes yeux!... perdre la vue!... (Avec égarement.) Ah! ces éblouissements redoublent.... le nuage s'épaissit... à moi!... au secours!... oh! oui, la mort, la mort plutôt! (Appelant.) Marcelle!... Marguerite!... je veux les voir, je ne les verrai peut-être plus demain!... Oh! je les veux près de moi, bien près, sur mon cœur... Dieu aura peut-être pitié de nous!... (Allant au devant de Marcelle et de Marguerite qui accourent.) Ah! venez... venez!...

SCÈNE IX

MARCELLE, MARGUERITE, ANDRÉ GÉRARD.

MARGUERITE.

Qu'est-ce donc, mon père?

MARCELLE.

Qu'as-tu, André?

ANDRÉ GÉRARD.

Ce que j'ai?... ce que j'ai?... (A part.) La vérité les tuerait!...

MARCELLE.

Eh bien?

ANDRÉ GÉRARD, se dominant.

Eh bien!... ton monsieur Simon... n'est jamais content de rien... il est d'une exigence... d'une arrogance... on fait l'impossible... on dépense presque du génie... et il vous traite en porte-faix !...

MARCELLE.

Mon pauvre ami !

MARGUERITE.

Mon père !

ANDRÉ GÉRARD.

On est artiste, mais on n'est le laquais de personne.

MARCELLE.

Calme-toi... monsieur Simon est brusque, il n'est pas méchant homme au fond...

ANDRÉ GÉRARD, à part, très-agité.

Il faut que je sorte... je veux savoir la vérité.. (Haut.) Oui, tu as raison, oui... (A part.) Cette incertitude me tue ! (Haut.) Je me suis emporté, peut-être... je vais me réconcilier avec lui !... (prenant son chapeau.) Je reviens tout à l'heure !... (A part.) Oui, consultons un médecin ! (A Marguerite.) Donne-moi mon chapeau !

. Tu l'as.

ANDRÉ GÉRARD.

C'est vrai !... (A part.) Ah ! ne m'enlevez pas la vue, mon Dieu !... (Il sort.)

SCÈNE X

MARCELLE, MARGUERITE.

MARGUERITE.

Je n'ai rien dit, mais mon père n'avait pas tort.

MARCELLE.

Ils se connaissent depuis dix ans.

MARGUERITE.

Il a assez de talent pour avoir de l'orgueil. — Mais, voyons, mère, il faut se dépêcher, le sermon sera commencé. — Je m'occuperai des enfants. (Elle la reconduit.)

MARCELLE.

Chère fille !... tu es plus qu'une sœur pour eux. (Elle sort.)

MARGUERITE, la suivant des yeux.

Bonne mère !... et dire que j'ai un secret... un secret que je n'ose encore lui confier ! (Entre Henri.)

SCÈNE XI

MARGUERITE, HENRI.

HENRI, entrant.

Marguerite ! Marguerite !

MARGUERITE, effrayée.

Vous ?

HENRI.

Moi !

MARGUERITE.

Mais, ma mère est là !... elle peut venir !

HENRI.

Eh bien ?... je lui dirai que je viens visiter vos gravures, et j'en achèterai, s'il le faut !

MARGUERITE.

Mais mon père peut rentrer ?

HENRI.

Alors, je lui dirai : Monsieur, je suis Henri de Morand, le fils du général Morand, j'ai vingt-deux ans, je suis fils unique, mon père est riche, j'en fais ce que je veux, j'aime votre fille, voulez-vous me faire l'honneur de m'accepter pour gendre ?

MARGUERITE.

Tantôt, je vous ai vu passer, pourquoi n'avez-vous pas retardé de ce côté ?

HENRI.

Votre père sortait, je n'ai pas osé.

MARGUERITE.

Le peureux !

HENRI.

C'est cela, je vous conseille de railler, vous qui rougissez dès qu'on vous regarde.

MARGUERITE.

C'est vrai. Il me semble que tout le monde va lire dans mes yeux que je vous aime. Je ne vous entends pas venir, je vous devine, et alors je baisse la tête, je cache mes regards de peur de me trahir. Vous êtes toute ma vie, Henri. Mon cœur est si plein de vous, que je ferme souvent les yeux pour mieux vous voir. Ne me regardez pas ainsi... parlez-moi !...

HENRI, lui prenant la main.

Marguerite, je vous aime !

MARGUERITE.

C'est tout ce que je voulais savoir... maintenant, adieu !...

HENRI.

A propos, je pars ce soir.

MARGUERITE.

Vous ?... ce voyage est-il bien nécessaire ?

HENRI.

Je veux avoir le consentement de ma grand'mère... Elle n'a que moi dans le cœur... Je parie que le lendemain de mon arrivée, elle écrira à mon père de nous unir...

MARGUERITE.

Vous devez bien l'aimer ?

HENRI.

Oh ! — elle m'a élevé. Je la vois d'ici, toute droite dans ses falbalas, comme un portrait de famille. Elle froncera d'abord les sourcils, puis elle sourira, et tout sera dit. Elle entrera dans la question comme un boulet. Elle dira à mon père : Je veux !... et mon père obéira.

Comment trouvez-vous ma robe ?

HENRI.

Charmante !

MARGUERITE.

Je l'avais quand je vous ai vu pour la première fois.

HENRI.

Oh ! l'heureux jour !... Voilà trois mois...

MARGUERITE, l'interrompant.

Bien, bien, vous me direz tout cela une autre fois... (On frappe, elle va ouvrir, un Domestique paraît. — Henri, en voyant le domestique, monte l'escalier.)

HENRI, à part.

Lambert !...

LE DOMESTIQUE.

Mademoiselle Marguerite Gérard ?

MARGUERITE.

C'est moi, monsieur. (Louise entre.)

SCÈNE XII

LES MÊMES, LOUISE, LAMBERT, sur le seuil de la porte.

HENRI, à part.

Madame de Morand !

LOUISE, à Marguerite.

Vous raccommodez les dentelles, mademoiselle ?

MARGUERITE.

C'est mon état, madame. Je brode aussi.

LOUISE.

Ce voile peut-il être réparé ? (Marguerite prend le voile et va vers la fenêtre pour l'examiner. — Louise, à part, en regardant Marguerite.) Du charme et de la distinction.

MARGUERITE, revenant.

Vous l'aurez dans huit jours, madame.

LOUISE.

Votre père est graveur ?

MARGUERITE.

Oui, madame.

LOUISE.

C'est le petit-fils du colonel de Mornac ?

MARGUERITE.

Oui, notre grand-père maternel.

LOUISE.

Vous êtes plusieurs enfants ?

MARGUERITE.

Nous sommes trois.

LOUISE.

Vous me broderez une très-belle garniture de robe... Mettez-y le temps, je ne marchande pas. (Elle lui présente sa bourse.)

MARGUERITE.

Je ne fais jamais payer mon travail d'avance, madame.

LOUISE.

De la fierté !

MARGUERITE, simplement.

On blâme ce sentiment chez les pauvres, on a tort. La fierté devrait être notre première vertu... Elle donne la mesure de ce qu'on peut faire et distingue l'humilité de l'abjection.

LOUISE.

Je vous aime ainsi. (Du seuil de la porte.) Dans huit jours !

MARGUERITE.

Vous pouvez y compter, madame. (Louise s'éloigne. Lambert la suit.)

SCÈNE XIII

HENRI, MARGUERITE.

MARGUERITE, d'un air froid.

Vous vous êtes caché, je crois ?...

HENRI, souriant.

Peut-être.

MARGUERITE, serrant le voile.

Elle est pourtant bien jolie, cette dame ?

HENRI.

Divine !

MARGUERITE, avec dépit.

Vous ne pourriez dire le contraire, vous n'avez pas cessé de la regarder...

HENRI.

C'est vrai, je la dévorais des yeux.

MARGUERITE.

Mon Dieu, toutes les femmes sont jolies, noyées ainsi dans les chiffons.

HENRI.

Celle-ci surtout ! (Lui prenant les mains.) Mais c'est madame de Morand, ma belle-mère, qui est sans doute venue s'assurer si le portrait que je lui ai fait de vous est fidèle.

MARGUERITE.

Madame de Morand ?... Mais pourquoi ne pas m'avoir prévenue par un signe ?

HENRI.

Vous eussiez été moins naturelle...

MARGUERITE.

Mais elle est toute jeune ?

HENRI.

Vingt-sept ans.

MARGUERITE.

Elle est ravissante !... Des yeux !...

HENRI, raillant.

Et ses chiffons ?

MARGUERITE.

Méchant !... Allons, sauvez-vous !

HENRI.

Je le veux bien... je suis impatient de savoir ce qu'elle fera de notre bonheur.

MARGUERITE.

Je vous en veux... J'ai dû lui paraître gauche...

HENRI.

Vous étiez adorable !...

MARGUERITE.

Vous mettrez cette fleur à votre boutonnière, et vous repasserez dans deux heures, si madame de Morand nous protége.

HENRI.

Ici ?

MARGUERITE.

Non, dans la **rue**, je serai à ma fenêtre.

HENRI.

Et vous ne viendrez pas me dire adieu ?...

MARGUERITE, riant.

Un rendez-vous, n'est-ce pas ?

HENRI.

Ce serait le premier ?

MARCELLE, appelant.

Marguerite !... Marguerite !...

MARGUERITE.

Me voilà, mère! (A Henri.) Je sortirai ce soir à l'Angelus. (Henri lui baise la main et sort.)

MARGUERITE, seule.

Ah! comme il m'aime !... Je serais heureuse de tout lui devoir pour ne penser qu'à lui. (Marcelle entre, elle est habillée et tient le chapeau de Marguerite à la main.)

SCÈNE XIV

MARGUERITE, MARCELLE.

MARCELLE.

Mais que fais-tu donc ?

MARGUERITE, l'embrassant.

Ma bonne mère !...

MARCELLE.

Comme tu m'embrasses ?

MARGUERITE.

Je t'embrasse comme je t'aime !... Tout éveillée, je viens de faire un rêve merveilleux !

MARCELLE.

Folle, tu rêves toujours !...

MARGUERITE.

Et je ne fais toujours qu'un seul et même rêve, n'est-ce pas, celui de vous voir tous heureux par moi ?... Eh bien! c'est vrai... tu n'aurais plus d'ennuis... tu serais guérie... Mon père ne se tuerait plus au travail, et nous irions, de temps en temps, dans ton pays, voir si les grands arbres de la jeunesse sont toujours verts... Voilà mon rêve... Chacun a son paradis, et ce serait le mien !... (André entre.)

ANDRÉ GÉRARD, à part.

C'est fini !...

MARCELLE.

Tiens, mets ton chapeau.

ANDRÉ GÉRARD, à part.

Je ne puis croire à mon malheur !... (Marguerite met son chapeau.)

SCÈNE XV

LES MÊMES, ANDRÉ GÉRARD.

MARCELLE, à André.

As-tu vu monsieur Simon ?

ANDRÉ GÉRARD

Oui... nous sommes réconciliés.

MARCELLE.

Ah ! tant mieux !... je vais chercher les enfants !... (Elle monte.)

SCÈNE XVI

ANDRÉ GÉRARD, MARGUERITE.

ANDRÉ GÉRARD, à Marguerite.

Comme te voilà belle !... Je ne te connaissais pas ce chapeau... Ces rubans... ces petites fleurs rouges font à merveille !...

MARGUERITE.

Rouges ?... mais elles sont bleues... (Mouvement d'André. — Il regarde Marguerite, réfléchit, puis la conduit vers la table et lui montre le dessin que Simon a laissé.)

ANDRÉ GÉRARD,

Marguerite... tu t'y connais aussi bien que moi... cette guirlande et ce lointain te plaisent-ils ?...

MARGUERITE.

Beaucoup.

ANDRÉ GÉRARD, lui montrant son épreuve.

Et ici, comment les trouves-tu ?

MARGUERITE, riant.

Je ne les trouve pas.

ANDRÉ GÉRARD.

Ainsi la guirlande ?...

MARGUERITE.

N'existe pas.

ANDRÉ GÉRARD

Et le lointain ?...

MARGUERITE.

Non plus.

ANDRÉ GÉRARD, à part.

Ah !

MARGUERITE, à part.

Oh! Henri ! Henri !

ANDRÉ GÉRARD, la retenant.

Non, reste !...

MARGUERITE, à part.

J'ai bien envie de tout lui dire... Comme il serait heureux de mon bonheur !

ANDRÉ GÉRARD ?

Tu es distraite aujourd'hui ?

MARGUERITE.

Je suis ainsi les dimanches, moi !

ANDRÉ GÉRARD.

Folle !—Et la bordure de cette draperie, est-elle exacte au moins ?

MARGUERITE.

On doit la vérité aux grands artistes... la bordure est inachevée, et cette ombre portée du pied n'est pas à sa place... (Lui faisant la révérence.) Voilà, monsieur.

ANDRÉ GÉRARD.

Tu as de bons yeux, toi !

MARGUERITE.

Je m'en flatte. Mais voyons, n'es-tu pas de mon avis ?

ANDRÉ GÉRARD, vivement.

Si fait! si fait !... Je voulais savoir si tu n'avais pas oublié mes leçons. (A part.) C'est bien fini ! (Marcelle revient avec les enfants.)

MARCELLE, à Marguerite,

Es-tu prête? (Les enfants vont à André.)

ANDRÉ GÉRARD, à part.

Les voilà tous... Confiants comme toujours dans mes forces et dans mon travail !... Mais demain !... Ah! que deviendront-ils demain? (Haut.) Priez un peu pour moi.

MARGUERITE, l'embrassant.

Pas un peu, mais beaucoup !

ANDRÉ GÉRARD, les embrassant.

Mais embrassez-moi donc! (Elles sortent.)

SCÈNE XVII

ANDRÉ GÉRARD, seul.

Priez, chère compagne résignée... priez, chère enfant... mais ne demandez pas à Dieu de prolonger ma vie.... ce serait un fardeau de plus pour vous!... On aurait pu me guérir pourtant!... (Avec un rire amer.) Oui, des soins, et deux ans de repos... Deux ans de repos!... Ce n'est pas la peur de vivre qui me fait prendre la résolution de mourir... J'ai travaillé pendant trente ans, Dieu me condamne au repos: que sa volonté s'accomplisse!... Quel courage il m'a fallu!... Enfin... je suis vaincu!... (Il va à la table.) Écrivons à mon père!... Moi mort, il me pardonnera, et mes enfants trouveront une place à son foyer!... La prière d'un fils mourant est sacrée!... Oui, écrivons! (Il s'assied et écrit. Entre Truphème.)

SCÈNE XVIII
ANDRÉ GÉRARD, TRUPHÈME.

TRUPHÈME, dans le fond, à part.

Diable de nouvelle!...

ANDRÉ GÉRARD, se parlant.

Je leur donne ma vie, puisque je n'ai plus que ma vie à donner!

TRUPHÈME, à part.

Que dit-il?

ANDRÉ GÉRARD.

Ma femme!... mes enfants!... ne plus les revoir! (Il écrit.)

TRUPHÈME, qui s'est approché sur la pointe du pied, jette un coup d'œil sur la lettre et recule.)

Ah!... comment?...

ANDRÉ GÉRARD, se levant.

Quoi?...

TRUPHÈME, cherchant à se remettre.

C'est moi, mon ami!

ANDRÉ GÉRARD.

Pourquoi trembles-tu en me parlant?

TRUPHÈME.

Pourquoi es-tu si pâle?

ANDRÉ GÉRARD.

Tu as lu cette lettre?

TRUPHÈME.

Tu veux mourir?

ANDRÉ GÉRARD.

Tu sais mon malheur, et tu t'étonnes de ma résolution?

TRUPHÈME.

Voyons, André, voyons!... Des soins... un traitement...

ANDRÉ GÉRARD.

Ai-je les moyens de me faire soigner, moi?

TRUPHÈME.

Tu exagères, André!... On peut te guérir... on te guérira... Ce n'est rien peut-être!...

ANDRÉ GÉRARD, amèrement.

Rien... rien... Au fait, un artiste aveugle, qu'est-ce que cela?... Le désespoir dans cette maison, qu'est-ce encore que cela?... Mon Dieu, ce n'est rien, mais laisse-moi mourir!... Tiens, tu feras parvenir cette lettre à mon père! (Il se remet à la table et écrit.)

TRUPHÈME.

Ton père?... Et c'est à lui que tu écris?

ANDRÉ GÉRARD.

J'ai mis ma dernière espérance en lui!

TRUPHÈME.

Et tu lui recommandes ta femme et tes enfants?

ANDRÉ GÉRARD, cachetant la lettre.

Oui, de ma tombe, et je meurs moins désespéré!

TRUPHÈME.

Écoute!

ANDRÉ GÉRARD, lui donnant la lettre.

La fatalité parle, j'obéis!

TRUPHÈME, prenant la lettre et la mettant dans sa poche.

Tu es fou!

ANDRÉ GÉRARD.

La nécessité me pousse!

TRUPHÈME.

Malheureux!... ton père est mort!...

ANDRÉ GÉRARD.

Mort!... (Anéanti.) Mort!... (Pause.) M'a-t-il pardonné au moins?

TRUPHÈME.

Non!

ANDRÉ GÉRARD, hésitant.

A-t-il pensé à mes enfants?

TRUPHÈME.

Non... Il s'est arrangé de façon à laisser sa fortune à son fils naturel.

ANDRÉ GÉRARD, s'asseyant.

Mes pauvres enfants!... Mes pauvres et malheureux enfants!... Ils n'étaient pas coupables, et on les châtie avec mon passé!... (Prenant sa tête dans ses mains et pleurant.) Ah! (Pause.)

TRUPHÈME.

Le coup est rude... très-rude... d'autant plus que tu n'es plus

d'âge à recommencer... Tu n'as guère le choix, d'ailleurs. — Tout grand artiste que tu es, tu ne ferais qu'un méchant ouvrier.... Cocher, tu écraserais les passants... portefaix, tu ne gagnerais pas de quoi vivre!... Que te reste-t-il alors?... C'est triste, c'est terrible, n'est-ce pas?... Mais non... la fatalité nous rémit, remercie-la... Tu feras comme moi. Je suis de cette phalange de désespérés qui prouvent leur droit à la vie en ne marchandant pas les moyens. La vertu, cette austère et inflexible déesse, n'a qu'une face, et le vice en a mille... On est ce qu'on peut quand on n'est rien... on est ce qu'on veut quand on ose tout... Acceptes-tu?

ANDRÉ GÉRARD, se levant.

Accepter!... quoi?... que veux-tu dire?... (Vivement.) Ma femme! (Entrent Marcelle et Marguerite, suivies des deux enfants.)

SCÈNE XIX.
ANDRÉ GÉRARD, MARCELLE, MARGUERITE,
TRUPHÈME, dans le fond.

ANDRÉ GÉRARD.

Ah! c'est vous!... (A Marcelle.) Tu as l'air ému?...

MARCELLE.

Tu te trompes.

ANDRÉ GÉRARD, à Marguerite.

Qu'est-il arrivé à ta mère?

MARCELLE.

Rien, te dis-je... C'est le pharmacien qui m'a demandé que son mémoire soit réglé.

ANDRÉ GÉRARD.

Ah!

MARCELLE, le prenant à part.

Ce n'est pas tout... Voilà ce qu'on vient de me remettre. (Elle lui donne des papiers.)

ANDRÉ GÉRARD, après avoir lu.

Eux aussi!... Eh bien! ils seront payés!... (Se retournant.) N'est-ce pas, Truphème? (A sa femme.) Ah! pardon! (Présentant Truphème.) Monsieur Truphème de l'Eauzun... un ami à moi, un camarade d'enfance... (Ils se saluent. — A part.) Ah! l'abîme est là, et chacun m'y pousse! Ah! la coupe est pleine, et chacun y jette sa goutte d'eau!... Eh bien, soit!... Ma famille ne manquera pas de pain!... Je vivrai!... Oui, pour eux!... dans la honte, si l'on veut... en bête fauve, s'il le faut!... (A Truphème.) Allons, viens! (L'Angelus sonne.)

MARCELLE, à André.

Attends un peu, mon ami!... Tu n'as jamais manqué à la prière du soir des enfants. (André s'arrête; Marguerite et les enfants s'agenouillent autour de Marcelle.)

MARCELLE, les mains jointes.

Mon Dieu, votre Providence est partout! Le brin d'herbe vit de votre souffle comme le chêne, les plus pauvres comme les plus riches... Vous avez donné le travail à l'homme, le dévouement à la femme, soyez béni!... Que nos fils soient fidèles à l'atelier qui nourrit, nos filles au foyer qui récompense.

TRUPHÈME, bas à André.

Viens-tu?

ANDRÉ GÉRARD, sortant de sa rêverie.

Non, non!... Dieu n'abandonne pas ceux qui ont confiance en lui...

ACTE DEUXIÈME

Une soirée chez madame de Morand. Trois ou quatre salons se suivent. Tables de jeu dans le premier et le second salon.

SCÈNE PREMIÈRE

LOUISE, ROSE.

Louise est en toilette de bal; elle arrange sa coiffure devant une glace. Rose tient un carton qu'elle veut emporter.

LOUISE, à Rose.

Voyons ce carton.

ROSE, lui donnant le carton.

C'est de la dentelle que mademoiselle Marguerite Gérard a apportée.

LOUISE, debout près de la cheminée, tout en examinant la dentelle.

Cette jeune fille m'a paru charmante. Elle est fraîche et blanche comme la fleur dont elle porte le nom.

ROSE.

Madame ne la reconnaîtrait sans doute pas, elle est triste et pâle comme une morte.

LOUISE, se retournant.

Elle?... (A part.) C'est étrange... l'absence d'Henri, sans doute. (Haut, en rendant le carton à Rose.) Pourquoi n'est-elle pas entrée?

ROSE.

Madame était occupée. (Rose va déposer le carton sur un meuble; entre Morand ; il est en habit noir.)

SCÈNE II

LOUISE, ROSE, MORAND.

MORAND.

Eh bien! Louise, mais dépêchez-vous donc! nos invités vont venir.

ROSE, à Morand.

Madame attend ses diamants.

LOUISE.

Comprenez-vous cet abominable Fossin?

MORAND.

Que ne le quittez-vous? n'y a-t-il qu'un joaillier à Paris?

LOUISE.

Rose, allez voir si ma parure est prête... Prenez une voiture à l'heure, et crevez les chevaux!... (Rose sort.)

MORAND.

Des chevaux de fiacre!... ils ont heureusement de trop bonnes habitudes pour cela... (Tirant sa montre.) Henri se fait attendre... Il n'ignore pourtant pas que c'est aujourd'hui l'anniversaire de votre naissance. (Il s'assied à gauche.)

LOUISE, descendant la scène.

Sa grand'mère l'aura retenu. C'est bien naturel, convenez-en. Mais vous êtes militaire, vous, vous voyez la vie comme une consigne.

MORAND.

C'est cela, pour excuser mon fils, n'allez-vous pas me faire un crime de ma vie de bivouac?

LOUISE.

Je sais que vous n'aimez ni le bruit, ni le tabac. Mais avec vos goûts, on est diplomate ou poëte... Comment êtes-vous devenu général, voyons? (Elle s'appuie sur son épaule.)

MORAND.

Bien simplement. De 1806 à 1807, j'ai reçu trois balles dans la poitrine : la première à Iéna, les deux autres à Friedland ; j'ai eu le bras cassé à Wagram ; je passe sous silence la petite balafre que j'ai là, c'est une galanterie du hasard. J'ai pris une redoute d'assaut, beaucoup de pièces de canon, pas mal de drapeaux. Je sais que bien d'autres en ont fait autant ; mais multipliez le tout par de la chance et du bonheur, et vous avez pour produit le généralat.

LOUISE.

Vous êtes modeste, monsieur.

MORAND.

La modestie est la première reconnaissance que nous devons à la destinée. Qu'ai-je fait, par exemple, pour vous avoir rencontrée sur mon chemin? (Il lui baise la main.)

LOUISE.

On n'est pas plus galant.

MORAND.

Je n'avais qu'une chose au monde, l'amour de l'honneur... L'honneur, cette chère et dernière croyance. La vue d'un homme qui se dégrade me donne toujours l'envie de le souffleter pour le rappeler à lui-même.

LOUISE.

Un excellent remède.

MORAND.

Il m'a une fois réussi. Un pauvre garçon caponnait, comme on dit vulgairement, je lui applique mon moyen, le rouge lui monte au front, il tire son épée, et me laisse moitié mort sur la place. J'avais fait un homme de lui.

JOSEPH, entrant.

Voici les cartes, madame.

LOUISE, à Joseph.

Dans les deux salons, les cartes de whist... celles du lansquenet, ici.

MORAND, prenant une feuille de papier sur la table.

Ah!... la liste des invités... (Avec un demi-sourire railleur.) Toujours de nouveaux noms!

LOUISE, se levant.

Où est le mal?... Faut-il ne voir toute sa vie que les mêmes visages?...

MORAND.

Quand ce sont d'honnêtes gens, pourquoi pas?... (Regardant la liste.) Qu'est-ce que ce monsieur Durand?

LOUISE, étourdiment.

Un poëte, je crois... non, un membre de l'Académie.

MORAND.

Monsieur Truphème de l'Eauzan... On assure qu'il est noble comme mon valet de chambre.

LOUISE.

C'est un garçon d'esprit.

MORAND.

Il en vit, dit-on.

LOUISE.

Il fait des tours de cartes comme Bosco, il nous amusera.

MORAND.

Le baron de...

LOUISE, lui arrachant le papier.

Ah! c'est assez!... je vous laisserai trier et éplucher ainsi mes invités quand vous voudrez leur donner des prix de vertu.

MORAND.

Je ne me ruinerais pas...

LOUISE.

Le méchant esprit! — Mais ce n'est pas un de mes jours de choix. C'est une fête que je donne à tout Paris, et tout Paris s'y trouve avec ses singularités et ses gloires. (Elle va à la cheminée.)

MORAND, tirant sa montre.

Décidément, Henri nous oublie.

LOUISE.

Non, il évite plutôt la surprise que vous lui ménagez.

MORAND.

Et laquelle?

LOUISE.

Votre idée fixe, mademoiselle de Guenersan. (A part.) Je commence l'attaque... Henri sera content de moi.

MORAND.

Mademoiselle de Guenersan est presque ma bru, n'en dites pas de mal, Louise.

LOUISE.

Qu'ai-je donc dit?

MORAND.

Vous vous êtes vous-même occupée de la corbeille.

LOUISE.

La corbeille?... Ce pauvre Henri!... Vous tenez donc bien à ce mariage?... Mais elle a vingt-sept ans, vous savez?

MORAND.

Pourquoi pas trente?

LOUISE.

Elle les aurait que je ne m'en étonnerais pas.

MORAND.

Vous êtes mauvaise!...

LOUISE.

Vous avez raison, j'exagère... elle a vingt-quatre ans, deux ans de plus que votre fils.

MORAND.

Un mariage de convenance.

LOUISE.

A sa convenance, soit... mais elle est horrible!

MORAND.

On n'a pas besoin d'une Vénus de Milo pour femme...

LOUISE.

Je vous remercie... je suis donc bien laide, moi?

MORAND, se levant.

Vous voulez qu'on vous fasse des compliments. Eh bien! vous êtes charmante, et vous le savez bien. Mais pourquoi cet acharnement?... Henri vous a-t-il fait ses confidences?... aime-t-il ailleurs?...

LOUISE.

On aime toujours quelque part quand on est menacé de ce dragon...

ROSE, entrant, à Louise.

Monsieur Fossin est aux ordres de madame.

LOUISE, à Morand.

Mais mademoiselle de Guenersan a toute la tête de plus que votre fils.

MORAND.

Eh bien?

LOUISE.

Les voyez-vous promener leur lune de miel, le soir, au bois, entre deux rangées de curieux qui les suivront?... Henri sera tué sous le ridicule, je vous en préviens.—Venez, Rose... (A Morand.) Tué comme par un boulet. (A part.) L'ennemi est à moitié battu. (Elle sort suivie de Rose.)

SCÈNE III

MORAND, seul.

Elle est adorable!... C'est un complot... Henri est amoureux, c'est certain... et sa belle-mère se ligue contre moi... Quel peut être son choix?... mademoiselle... non... quelque fille pauvre qu'on n'ose m'avouer... Eh! je suis assez riche et j'aime assez mon fils pour doter la femme qu'il choisira.

JOSEPH, annonçant.

Monsieur Varec... monsieur de Tournay. (Morand va à eux.)

JOSEPH, annonçant.

Monsieur Truphême de l'Éhuzan... (Truphême entre suivi d'André.)

SCÈNE IV

LES MÊMES, ANDRÉ GÉRARD, TRUPHÊME.

TRUPHÊME, à Morand, en lui présentant André.

Général, permettez-moi de vous présenter monsieur André Gérard, le petit-fils du colonel de Mornac. Il voulait voir de près l'une de nos plus belles gloires militaires.

MORAND.

Jean de Mornac?

ANDRÉ GÉRARD.

Mon grand-père maternel, oui, général.

MORAND.

J'ai servi sous ses ordres à Austerlitz. Il aimait la guerre en fanatique.

ANDRÉ GÉRARD, souriant.

On n'était un homme à ses yeux qu'avec un sabre au côté et le sac sur le dos.

MORAND.

Il avait tort. Le travail vaut la guerre; guerre et travail, ouvrier et soldat, c'est la même médaille frappée au coin du courage et de l'abnégation... Le double pivot de l'activité et de la grandeur humaines.

JOSEPH, annonçant.

Monsieur de Guenersan.

MORAND, allant à lui.

Eh! arrivez donc!... Seul?... mademoiselle de Guenersan serait-elle souffrante?

GUENERSAN.

Ma sœur s'est blessée en descendant de voiture.

JOSEPH, annonçant.

Monsieur de Richebourg.

TRUPHÊME.

Ah! le nouveau millionnaire. (Richebourg salue Morand.)

SCÈNE V

LES MÊMES, RICHEBOURG.

RICHEBOURG.

Ouf!... je suis essoufflé, mes chevaux vont trop vite.

TRUPHÊME.

On les dit ferrés en or, c'est peut-être pour cela... ils montrent leurs sabots le plus souvent qu'ils peuvent.

RICHEBOURG.

Je n'en sais rien, mais ils vont comme le vent.

TRUPHÊME.

Il faut les atteler à une locomotive. (On entoure Richebourg.)

TRUPHÊME, bas à André.

Ce n'est pas en parodiant Marius à Minturne que tu plairas... amuse ou sois utile.

ANDRÉ GÉRARD.

Tu as l'air rayonnant.

TRUPHÊME.

J'ai cet air toutes les fois que je songe à une bonne action.

ANDRÉ GÉRARD.

Tu m'as donc trouvé un protecteur?

TRUPHÊME.

T'aurais-je conduit ici sans cela? (A part.) Sera-t-il docile, au moins? (Montrant les gens qui entourent Richebourg.) Ces chers solliciteurs... but-ils l'échine assez souple depuis qu'ils savent que ce bon Richebourg a obtenu une nouvelle concession de chemin de fer.

RICHEBOURG, assis.

Oui, vrai, j'aime autant manger dans de la porcelaine bien blanche que dans de la vaisselle plate. Mais madame de Richebourg y tient. On ne voit pas chez nous un bout d'assiette qui ne soit d'argent; c'est ennuyeux.

TRUPHÊME.

Je le comprends; mais prenez garde... madame de Richebourg finira par faire argenter le talon de vos bottes.

RICHEBOURG.

Ce ne serait pas laid.

TRUPHÊME.

Dorés, ce serait mieux!... vous seriez le premier talon... jaune du siècle. (Ils rient. — Truphême s'éloigne.)

RICHEBOURG, descendant la scène en riant.

Est-il amusant!... Et dire qu'il y a des gens qui lui prêtent des aventures de l'autre monde... un ami, par exemple, un étranger avec lequel il aurait voyagé et qui n'a jamais reparu.

VAREC, riant.

Il l'aura mangé en route! (Louise revient; tout le monde la salue.)

SCÈNE VI

LES MÊMES, LOUISE.

LOUISE, entrant.

Voilà des cartes, joueurs, en voilà!... (A un invité.) Vous, monsieur, je vous retiens pour la première valse... vous ne jouerez pas de la soirée, je vous en préviens... (Elle va à Morand.) Comment me trouvez-vous?

MORAND.

Charmante!...

LOUISE.

Vous me flattez, comme si je n'étais pas votre femme... Ce collier ne doit pas mal faire?

MORAND.

Coquette!

LOUISE.

Vous ne reconnaissez pas vos trois cents louis?

MORAND.

Je ne les voyais pas.

RICHEBOURG, à Louise.

Vous serez la reine de la fête... la seule reine.

TRUPHÊME.

On sent toute la pureté de notre langue... lorsqu'on a le bonheur de s'occuper de vous.

MORAND, à Louise, en lui présentant André.

Monsieur André Gérard. (Ils se saluent. On entend la musique.)

TOURNAY, offrant son bras à Louise.

Madame...

LOUISE.

Ah! on commence! (Ils sortent. Morand s'occupe des invités.)

SCÈNE VII

TRUPHÊME, ANDRÉ GÉRARD.

TRUPHÊME, à Joseph qui passe avec des rafraîchissements.

Eh! Joseph!... (Il prend un verre. A André.) Tu ne bois pas?

ANDRÉ GÉRARD.

Je n'ai pas soif. (Truphême boit et remet son verre sur le plateau.)

TRUPHÊME.

Ce punch est excellent. (Reprenant Joseph.) Un instant... quand je cause avec des gens qui me plaisent, je prolonge le plus que je peux la conversation. (Il prend un second verre. A André.) Tu as revu le médecin?

ANDRÉ GÉRARD.

Je croyais te l'avoir dit.

TRUPHÊME.

C'est vrai... (Il boit et remet le verre sur le plateau. Joseph s'éloigne.) Il peut te guérir?

ANDRÉ GÉRARD.

Oui... mais à quel prix!... deux ans de traitement et un repos absolu.

TRUPHÊME.

Et beaucoup d'argent?... Ils sont charmants, ces médecins!... Lui as-tu demandé de te faire des rentes?

ANDRÉ GÉRARD.

Ne ris pas.

TRUPHÊME.

J'arrangerai tout cela.

ANDRÉ GÉRARD.

Tu es meilleur que tu ne crois... tu m'as même procuré l'habit...

TRUPHÊME.

Oui, car l'habit fait l'homme... Un homme mal mis a l'air d'un mendiant, on le fuit.

ANDRÉ GÉRARD.

Tu m'as parlé d'un protecteur, où est-il?

TRUPHÊME, gravement.

Voilà huit jours, en te quittant... j'ai rencontré un malheureux, à qui il manquait un peu d'argent pour vivre. Il marchait au hasard; il suffoquait sans pouvoir pleurer. Tu me diras qu'il pouvait mendier..... Eh bien! il l'a fait..... (Mouvement d'André.) Je l'ai vu !... oui, au coin d'une rue, mais les passants passaient... à l'entrée d'une maison en fête, mais les invités entraient... oui, au seuil d'un cabaret, mais les buveurs chantaient!...

ANDRÉ GÉRARD, à part.

Il m'avait suivi.

TRUPHÈME, continuant.

Il arriva ainsi à la place Louvois... Là, une jeune fille chantait... des pièces de monnaie pleuvaient de toutes parts autour d'elle... Un dernier espoir fit tressaillir le vieillard... et il chanta !

ANDRÉ GÉRARD, à part.

Oh !...

TRUPHÈME.

Des rires étouffés l'accueillirent... il s'essuya le front et continua... les rires se changèrent en huées !

ANDRÉ GÉRARD, à part.

On riait du vieillard là où l'on fêtait la jeunesse !

TRUPHÈME.

Il s'éloigna... lentement d'abord et la tête basse, puis comme un orage et les mains crispées !... Il s'arrêta au pont des Arts en face d'une belle eau qui le tentait !.. C'est si vite fait de mourir, c'est si doux de ne plus penser !... mais l'image de sa femme et celle de ses enfants passèrent sans doute entre la mort et lui... il vécut !

ANDRÉ GÉRARD.

Pourquoi me dis-tu tout cela ?...

TRUPHÈME.

Pourquoi ?... Mais l'émotion, l'anxiété où tu vis peuvent amener un double malheur : Ta vue s'obscurcit de plus en plus, prends garde... ton cœur gonfle parfois à t'étouffler, prends garde.

ANDRÉ GÉRARD.

Tu me tortures.

TRUPHÈME, montrant la table de jeu.

Je t'ai promis un protecteur, le voici.

ANDRÉ GÉRARD, reculant.

Le jeu ?...

TRUPHÈME, lui offrant de l'argent.

Le moyen de l'attendrir, le voilà... c'est deux cents francs que je te prête !

ANDRÉ GÉRARD.

Non, je peux perdre.

TRUPHÈME.

Tu gagneras.

ANDRÉ GÉRARD.

Que veux-tu dire ?

TRUPHÈME.

Tu gagneras... je m'arrangerai pour cela.

ANDRÉ GÉRARD.

Mais c'est une infamie que tu me proposes ?

TRUPHÈME.

Nous partagerons.

ANDRÉ GÉRARD.

Ah ! va-t'en !

TRUPHÈME. Il montre les joueurs qui sont dans les autres salons.

Une centaine de louis de moins dans le gousset de ces joueurs, c'est une goutte d'eau de moins dans la rivière.

ANDRÉ GÉRARD.

J'aimerais mieux voir ma femme et mes enfants mourir de faim sur un grabat !

TRUPHÈME.

Le jeu s'anime... dans un moment il sera effréné... on ne verra plus qu'une chose, l'or !... Tu mets cinq louis... tu passes cinq fois, et le tour est fait !

ANDRÉ GÉRARD.

Jamais, jamais !

TRUPHÈME.

A ton aise.

ANDRÉ GÉRARD, revenant à lui.

Tu peux me sauver autrement... Tiens, voici monsieur de Richebourg... Il peut disposer d'une place à son gré... intercède pour moi... oh ! je t'en prie, je t'en prie !

TRUPHÈME.

Je le veux bien... Garde toujours ces dix louis... tu me les rendras quand tu pourras ! (Il le force à prendre le billet. Le salon se remplit peu à peu, Richebourg revient entouré, on se met à la table de lansquenet.)

SCÈNE VIII

LES MÊMES, RICHEBOURG, TOURNAY, GUENERSAN, VAREC, HOMMES, FEMMES.

TRUPHÈME, à Richebourg.

Je vous arrête au passage, monsieur, et sollicite à mon tour.

RICHEBOURG.

Une place pour vous ?... vous arrivez trop tard, cher, beaucoup trop tard, les meilleures sont données.

TRUPHÈME.

Je me contenterai des moins bonnes. C'est un honnête et brave père de famille que je recommande à votre pitié.

RICHEBOURG.

J'ai votre affaire, envoyez-le-moi, je le caserai...

ANDRÉ GÉRARD, à part.

Moi qui désespérais déjà !

RICHEBOURG.

Une bonne petite place... huit cents francs...

TRUPHÈME, bas à André.

Peux-tu vivre avec huit cents francs ?...

RICHEBOURG.

Dans un an, mille... plus tard, nous verrons. (Il veut s'éloigner.)

TRUPHÈME.

Vous m'avez sans doute mal compris... mon protégé a une femme et trois enfants ?

RICHEBOURG.

Eh bien ?... Mais huit cents francs, cher, c'est quelque chose... Je connais des familles honorables qui vivent avec moins. (A des gens qui passent.) Ah ! bonjour, bonjour !

TRUPHÈME, bas à André.

Il est trop riche pour savoir la valeur de l'argent. (Le Docteur entre.)

SCÈNE IX

LES MÊMES, LE DOCTEUR.

TRUPHÈME, bas au Docteur.

André est convaincu que sa femme ne court aucun danger... Ne lui cachez pas la vérité, il se remuera peut-être.

ANDRÉ GÉRARD.

Docteur, ne dites pas à Marcelle que vous m'avez rencontré ici, elle pourrait croire que je m'amuse... Avez-vous eu le temps de monter chez elle ?...

LE DOCTEUR.

Oui... la maladie fait des progrès.

ANDRÉ GÉRARD.

Sa vie est en danger ?

LE DOCTEUR.

Rien n'est désespéré... Un changement d'air... un voyage, par exemple, à la Charbonnière ou aux Pyrénées... Elle prendrait les eaux et serait sauvée... Votre fille aînée devrait l'accompagner.

ANDRÉ GÉRARD.

Marguerite ?

LE DOCTEUR.

Elle me paraît souffrante.

ANDRÉ GÉRARD.

Ma fille aussi !... un voyage !... ou toutes les deux sont perdues peut-être ?... Mais l'argent, docteur, l'argent ?...

LE DOCTEUR.

Mille à onze cents francs. (Apercevant Richebourg.) Ah ! pardon... j'ai mon neveu à recommander à monsieur de Richebourg. (Il va à Richebourg.)

ANDRÉ GÉRARD, à part avec amertume.

Mille à onze cents francs !... (Il s'assied accablé, la tête dans ses mains.)

TRUPHÈME, à part.

Il ne faudrait pas me mettre ainsi aux prises avec le désespoir, moi, j'aurais dents et ongles pour me défendre... (Regardant André.) Et il hésite encore !... Il y a des hommes qui ont la maladie de l'honneur. (Il va vers la table de lansquenet.)

MORAND, à Truphème.

Vous ne jouez pas, monsieur ?

TRUPHÈME.

Non, général. (A part.) Je fais jouer. (A part, en jetant un regard sur André.) Tu seras mon complice malgré toi... (Morand s'occupe des invités. Guenersan, Tournay, Richebourg, Varec, sont à la table de lansquenet et jouent. La partie est très-animée. — Tournay tient les cartes.)

TOURNAY.

Un louis ? (Varec fait le jeu.)

ANDRÉ GÉRARD, à part.

Aveugle pour le travail !... Ah ! comme la guerre, le travail a aussi ses invalides !

TOURNAY.

Deux louis ? (Varec fait le jeu.)

ANDRÉ GÉRARD, à part.

Que deviennent-ils ceux-là ?

TOURNAY.

Quatre louis ?

RICHEBOURG.

Banquo !...

VAREC.

Non, je continue.

RICHEBOURG.

Je suis premier.

UNE DAME.

Laissez-le faire, il vient de perdre !...

RICHEBOURG.

Je le veux bien; mais ce n'est pas la règle. (Varec fait l'enjeu, Tournay joue.)

ANDRÉ GÉRARD, à part.

Pourquoi ne demanderais-je pas au jeu des ressources?...

TRUPHÈME, à part.

Ils appellent cela un lansquenet!... Après tout, où il y a des femmes...

VAREC.

Perdu!... (Chacun fait son jeu.)

ANDRÉ GÉRARD, à part.

Il y a d'honnêtes gens qui jouent... d'honnêtes gens qui gagnent... Dieu aurait peut-être pitié de moi!...

VAREC.

Il manque cent francs.

GUENERSAN.

Les voilà.

RICHEBOURG.

Banquo!...

TOURNAY.

Je passe la main. (Il passe les cartes à Truphème.)

TRUPHÈME.

Merci, je ne joue jamais.

ANDRÉ GÉRARD, se levant.

Je la prends!...

TRUPHÈME, à part.

Allons donc!... (Il glisse ses cartes sur le paquet et les pose sur la table.)

VAREC, à André.

Il y a huit louis.

ANDRÉ GÉRARD.

Voilà!

RICHEBOURG.

Je les tiens!... (André joue.) J'ai perdu!...

GUENERSAN.

Le jeu est-il fait?

VAREC.

Oui, oui!... (André joue.)

RICHEBOURG.

Un refait!

GUÉNERSAN.

Trente-deux louis!

VAREC.

Les faites-vous, Richebourg?

RICHEBOURG.

Ma foi, non!

GUENERSAN.

Ni moi. (Morand revient avec une dame à son bras.)

MORAND, à André, tout en parlant à la Dame.

Banquo!... (André joue.)

VAREC.

Lansquenet!..... (A Truphème.) Votre ami a de la corde de pendu.

TRUPHÈME.

Je l'ai toujours vu perdre. (La Dame quitte le bras de Morand et s'éloigne avec d'autres dames qui passent.)

ANDRÉ GÉRARD, à part, avec joie.

Cette somme fera face aux premières nécessités!...

MORAND, à André.

Je joue sur parole, monsieur, je vous en préviens... Banquo... (André hésite.)

TRUPHÈME, bas à André.

Continue, tu as encore deux coups!... (Il descend la scène.)

ANDRÉ GÉRARD, terrifié, à part.

Deux coups!...

MORAND.

Eh bien?...

ANDRÉ GÉRARD, à part.

Deux coups!... (On lui parle, on le regarde, il se trouble.)

MORAND, à part en regardant André.

Pourquoi est-il si pâle?

ANDRÉ GÉRARD, perdant la tête.

Moi?... mais... je... oui, je continue!.. (A part.) Ah! si je pouvais perdre! (Il joue.)

TOUS.

La belle main!

MORAND, à part.

Il évite mon regard!.. (Haut, en observant André.) Banquo!...

ANDRÉ GÉRARD.

Mais, monsieur...

MORAND, souriant.

Ah! nous sommes ainsi, nous autres vieux de l'empire... Têtus comme des mulets en face d'une déroute.... Voyons, banquo...

ANDRÉ GÉRARD, à part.

J'étouffe!... (André joue et gagne. — Mouvement.)

VAREC, se levant.

Encore un refait!... (A Truphème.) Si votre ami a l'habitude de perdre, il se rattrape aujourd'hui.

TRUPHÈME, lui tournant le dos.

Aux innocents les mains pleines. (Morand prend une carte d'un air indifférent.)

MORAND, après avoir jeté les yeux sur la carte, aux joueurs.

Le maudit sept!... Il me coûte cent louis. (A part.) Ce ne sont pas mes cartes.

RICHEBOURG.

Je fais le jeu cette fois!...

MORAND.

Non, non, messieurs... on a assez perdu et gagné cette nuit... (Tout le monde se lève.)

ANDRÉ GÉRARD, à Morand.

Vous n'avez pas de chance, monsieur, vous voyez...

MORAND.

Oui, monsieur, j'ai vu.

ANDRÉ GÉRARD, à part.

Quel regard!... (Il reste atterré.)

TRUPHÈME, à part.

Bon, il laisse l'argent, l'imbécile!... (Il va pour le ramasser, arrive Louise.)

SCÈNE X

LES MÊMES, LOUISE.

LOUISE, allant à Truphème.

Ah!... ces dames vous réclament à grands cris, monsieur!... Voyons... un simple petit tour de cartes... Vous aurez une belle table au milieu du salon... vous y serez comme un dieu!...

TRUPHÈME.

Je suis à vos ordres, madame.

LOUISE.

Vous êtes charmant!... (Elle l'entraîne par la main.)

TRUPHÈME, à part.

Pourvu qu'il n'aille pas se trahir!...

RICHEBOURG, montrant Truphème.

Venez donc, il est très-curieux à voir. (Ils s'éloignent.)

ANDRÉ GÉRARD, à part.

Ce regard!... (Il veut s'éloigner, Morand l'arrête d'un geste.)

SCÈNE XI

ANDRÉ GÉRARD, MORAND.

MORAND, lui montrant la table.

Mais cet argent est à vous, monsieur... Prenez-le... Vous semblez hésiter comme si c'était de l'argent mal gagné? (André ramasse vivement l'argent et le met dans sa poche.)

MORAND.

Ce n'est pas tout, je suis votre débiteur. (Il le paye.) Comptez, monsieur, je puis m'être trompé.

ANDRÉ GÉRARD, à part.

Cet argent me brûle!...

MORAND.

Est-ce votre compte?

ANDRÉ GÉRARD.

Oui!

MORAND.

Je puis donc maintenant vous dire toute ma pensée. Les dettes de jeu sont sacrées, aussi ai-je commencé par m'acquitter envers vous.

ANDRÉ GÉRARD.

Je ne vous comprends pas, monsieur.

MORAND.

Cela m'étonne... Vous allez me comprendre... Je vous reprends le serment de main que je vous ai donné comme à un homme d'honneur...

ANDRÉ GÉRARD.

Mais...

MORAND.

Comment, vous, le petit-fils de mon vieux compagnon d'armes... vous qui êtes d'un sang glorieux... vous que j'ai accueilli comme un ami... vous avez eu le courage de tromper ma confiance et de ternir un nom dont votre pays s'honore!

ANDRÉ GÉRARD.

Monsieur!...

MORAND.

Oui, ce nom, vous l'avez souillé, flétri, dégradé!

ANDRÉ GÉRARD.

Monsieur!...

MORAND.

Regardez-moi donc en face... moi, votre hôte que vous avez volé!

ANDRÉ GÉRARD.

La preuve, monsieur, la preuve?

MORAND.

Elle est dans votre pâleur!... ne niez pas, j'ai tout vu!... Tenez, c'est doublement lâche et odieux de s'avilir en déshonorant les morts.... doublement vil.... doublement infâme... Votre grand-père vous eût tué, et moi je vous châtie... (Il le frappe de son gant au visage.)

ANDRÉ GÉRARD, saisissant une chaise.

Ah!... (Truphème revient.)

SCÈNE XII

LES MÊMES, TRUPHÈME.

TRUPHÈME, retenant André.

Malheureux! que fais-tu?...

ANDRÉ GÉRARD.

Un soufflet!... (A Morand.) Ah! voilà votre argent!... (Il jette l'or et les billets.) Maintenant, vos armes!

MORAND.

Mes armes?

TRUPHÈME.

Général!...

MORAND.

Un duel!... Quel est l'honnête homme qui se battra à votre place?

ANDRÉ GÉRARD.

Ah!

MORAND.

Il ne me convient pas cependant de dégrader publiquement le petit-fils de Jean de Mornac... de déshonorer vos enfants en divulguant votre honte... Je vous ferai l'honneur de toucher votre épée.

ANDRÉ GÉRARD.

Enfin!

MORAND.

Aussi bien suis-je curieux de voir quelle espèce d'homme cache un voleur...

ANDRÉ GÉRARD.

Ah! je vous tuerai!

MORAND, raillant.

Vos armes?

ANDRÉ GÉRARD.

Je vous tuerai!

MORAND.

L'épée?

ANDRÉ GÉRARD.

Je vous tuerai!

MORAND.

Vous vous répétez, monsieur.

ANDRÉ GÉRARD.

Demandez à Dieu de vous laisser votre sang-froid jusqu'au bout!... Mes armes?... Oui, l'épée!... Oui, demain, à huit heures, à Vincennes!... (Morand sort.)

SCÈNE XIII

ANDRÉ GÉRARD, TRUPHÈME.

ANDRÉ GÉRARD.

Ce n'est pas au visage qu'il m'a frappé... c'est là... au cœur!... Oh! je le tuerai! (A Truphème.) Tu seras mon témoin!

TRUPHÈME.

Moi?.. (A part.) Diable, je me mettrais le général sur les bras... Non pas, non pas!...

ANDRÉ GÉRARD.

Me voilà déshonoré, es-tu content?

TRUPHÈME.

Déshonoré... déshonoré... Tu es pétri de préjugés.

ANDRÉ GÉRARD.

Ce n'est pas cet homme que je devrais tuer, c'est toi... Toi qui cherchais un complice et qui m'as choisi... Toi qui me voulais à ton niveau et qui as préparé ma perte... Toi, misérable... toi, infâme!...

TRUPHÈME.

Tu es au moins reconnaissant du bien qu'on te veut.

ANDRÉ GÉRARD.

Ah! ne raille pas!

TRUPHÈME.

J'ai voulu te sauver, la chose a mal tourné... Tu n'avais qu'à ne pas continuer, d'ailleurs.

ANDRÉ GÉRARD, amèrement, comme se parlant.

C'est vrai... mais le trouble... le vertige... tous ces regards...

TRUPHÈME.

Oh! je ne t'accuse pas. Je te suis dévoué à ma façon, voilà tout.—Tiens, à ta place, je ne me battrais pas.

ANDRÉ GÉRARD.

Ne pas me battre?...

TRUPHÈME.

Il n'a pas tous les torts, conviens-en...

ANDRÉ GÉRARD.

Mais mon soufflet!

TRUPHÈME.

Bah!

ANDRÉ GÉRARD.

Malheureux, un soufflet?

TRUPHÈME.

Et s'il te tue? et il te tuera... tu n'y vois pas!

ANDRÉ GÉRARD.

Eh bien! la mort!... J'en finirai plus tôt, et avec une honte de moins!... (Ramassant vivement son habit.) Ah! j'ai encore le temps d'embrasser ma femme et mes enfants!... (s'arrêtant.) Ma femme! mes enfants!...

TRUPHÈME.

Ils n'ont que toi. (On entend des cris.)

ANDRÉ GÉRARD.

Ils rient!... Les entends-tu?... Ils rient de moi peut-être?...

TRUPHÈME.

Ta femme et tes enfants souffrent...

ANDRÉ GÉRARD.

Tu me déchires le cœur!...

TRUPHÈME.

Ton cœur?... L'orgueil seul te gonfle!... Moi, je peux mourir, je ne tiens à personne... mais toi, un père de famille!... Tiens, tu ne vaux pas mieux qu'un autre!.. Eh non!.. Tu choisis juste le moment où tes enfants ont plus que jamais besoin de toi, pour jeter la vie qui leur appartient, à la pointe d'une épée comme un bretteur!... Allons, tu es inconséquent ou absurde!... Tiens, l'exemple de Bernard : il s'est tué, et six mois après sa femme était morte et sa fille perdue!

ANDRÉ GÉRARD.

Te tairas-tu? te tairas-tu? (Morand revient.)

SCÈNE XIV

LES MÊMES, MORAND.

MORAND, à André.

Encore ici?...

ANDRÉ GÉRARD, à part.

Bernard s'est tué... et sa femme... morte... et sa fille... Oh! mon Dieu!... Vous verrez que je ne pourrai même pas mourir!

MORAND.

A demain, monsieur.

ANDRÉ GÉRARD, avec un dernier effort.

Je ne me battrai pas.

MORAND, avec mépris.

Et vous êtes le petit-fils du colonel de Mornac?...

ANDRÉ GÉRARD.

Je ne me battrai pas!

MORAND.

Voleur et lâche! (André fait un mouvement, se contient aussitôt, baisse la tête et sort. Louise accourt, suivie d'Henri.)

SCÈNE XV

MORAND, TRUPHÈME, LOUISE, HENRI.

LOUISE, entrant, à Morand.

Le voilà votre fils, le voilà!

HENRI.

Mon père! (Il aperçoit André qui s'éloigne.) André Gérard!

MORAND.

Tu connais cet homme?

HENRI, lui présentant une lettre.

Lisez, mon père!

MORAND, prenant la lettre.

Une lettre de ma mère?...

LOUISE.

Comme moi, monsieur, elle approuve le choix d'Henri... Lisez, lisez!

MORAND, ouvrant la lettre.

Marguerite Gérard!

HENRI.

Eh bien?

MORAND.

La fille d'André Gérard?... de cet homme qui sort d'ici?... Vous l'aimez?... vous?...

HENRI.

Oui, mon père!

MORAND.

Ah ! malheureux !

TRUPHÈME, à part.

Une intrigue!... Ça peut servir...

ACTE TROISIÈME

Un petit salon.—Piano, métier à broder; une corbeille sur une table;
une serre au fond.

SCÈNE PREMIÈRE

LOUISE, MORAND, TRUPHÈME, puis ROSE. (Morand et
Louise déjeunent; Truphème vient d'entrer.)

TRUPHÈME, sur une invitation de Morand, se met à table.

C'est trop d'honneur, général. (A part.) Jouons serré, il doit
avoir besoin de moi.

LOUISE, les servant.

Du thé... à l'anglaise. (Rose entre. Louise à Truphème.) Vous per-
mettez, monsieur... (Elle va à Rose.)

ROSE, bas à Louise.

Mademoiselle Marguerite était seule, elle brodait... elle pas-
sera chez madame dès que sa mère sera rentrée...

LOUISE.

Elle ne vous a rien dit de plus?

ROSE.

Non, madame; ses yeux n'ont pas quitté son aiguille; elle m'a
semblé plus triste que de coutume... (A part.) Et cette tristesse-
là me paraît drôle.

LOUISE, à part.

Cette pauvre Marguerite!... je l'aimais presque déjà!... aurai-
je jamais le courage de tout lui dire?...

TRUPHÈME.

Nos bals parisiens sont les expositions des produits moraux
de la civilisation.

MORAND.

Vous avez aujourd'hui votre air d'épigramme.

LOUISE, à Rose.

Que fait Henri?

ROSE.

Il écrit, madame.

TRUPHÈME, continuant.

On y trouve de tout, depuis les sept péchés capitaux jusqu'aux
plus petits péchés véniels.

LOUISE, à Rose.

Approchez-moi ce métier.

MORAND.

Une tasse de thé, Louise?

LOUISE.

Non, merci, je vous écouterai en brodant... Si monsieur de
l'Eauzan le permet?

TRUPHÈME.

Comment donc, madame...

LOUISE, à Rose.

Ai-je encore de la laine verte?

ROSE.

Joséphine est allée en chercher.

TRUPHÈME, continuant sa conversation.

Tenez, au bal de madame de Mardeuil, par exemple, j'avais
devant moi une excellente et bonne mère de famille qui joue
à la Bourse pour marier sa fille; derrière, un parfait gentle-
man de vingt ans qui a volé la dot de sa sœur; à ma droite,
lady Arabelle, dont le cœur est un hospice; à ma gauche,
enfin, un austère et rigide personnage, que vous connaissez, du
reste, qui gagne trois cent mille six cents francs par an, et qui a
maison de ville et maison de campagne, table opulente, meu-
bles de Boule, draperies du dernier goût... sa femme lui dit
qu'elle est économe, ça lui suffit.

LOUISE, se levant.

Je suis agitée comme si le malheur d'Henri était le mien. (A
Rose.) Ma nouvelle polka?

ROSE, la lui donnant.

La voilà, madame.

MORAND, à Truphème.

Et que représentez-vous au milieu de tout cela, vous?

TRUPHÈME, lui servant du thé.

La curiosité... (Louise essaye de déchiffrer Truphème se pâme aux premières
notes.) Ah! charmant! délicieux!

LOUISE, se levant.

Ce piano est faux!

TRUPHÈME, à part.

Heureusement!

LOUISE, à part.

Ce pauvre Henri!... Je le vois encore comme foudroyé par
la terrible révélation. L'air et la voix du général, du reste, au-
raient suffi pour lui ôter sa dernière espérance... il s'est tu,
mais son silence était plus désespéré que des larmes.

ROSE, remettant à Louise une lettre que Joseph a apportée.

De la part de monsieur Henri.

TRUPHÈME, à part.

Il se passe quelque chose ici.

LOUISE, lisant bas.

« Il doit vous être douloureux, madame, de porter à Margue-
» rite le coup de la mort. Voici une lettre pour elle. Lisez-la,
» madame, et si elle répond à la volonté de mon père, envoyez-
» la sur-le-champ à mademoiselle Gérard. Marguerite ap-
» prendra ainsi par moi-même mes lâchetés et mon abandon. »
(Elle parcourt la seconde lettre.)

MORAND, à Truphème.

Vous êtes cousu d'hérésies.

TRUPHÈME.

Madame de Mardeuil était peinte comme une gouache.
Véritablement, elle avait trois ans de moins que sa fille. Quant
aux autres femmes, c'était une collection de nudités qui se
relayaient, madame de Mardeuil en tête.

LOUISE, après avoir lu la lettre.

Non... de certaines vérités s'adoucissent en passant par la
bouche d'une femme. (A Rose.) Je serai dans la serre, vous me
préviendrez dès que mademoiselle Gérard sera venue. (Rose sort.)

MORAND.

Vous nous quittez, Louise?

LOUISE.

Je suis là. (Elle entre dans la serre, elle s'occupe de ses fleurs et des
oiseaux.)

SCÈNE II

TRUPHÈME, MORAND.

MORAND, se levant.

Que pensez-vous du mariage?

TRUPHÈME, achevant de vider sa tasse.

C'est une fin, comme on dit, et tout ce qui finit est triste.
Le mariage m'a toujours fait l'effet d'une corde tressée par l'in-
conséquence, qu'on se met au cou dans un jour de folie... Et on
y reste pendu toute sa vie!...

MORAND.

Une belle morale!...

TRUPHÈME.

C'est la mienne.

MORAND.

J'avais songé à vous marier.

TRUPHÈME, se levant.

Que vous ai-je donc fait, général?... me marier?... moi? (Morand sonne, un Domestique vient et emporte le plateau.)

TRUPHÈME, ouvrant la corbeille.

Mais il me faudrait aussi une corbeille... (prenant un mouchoir)
et de beaux mouchoirs avec des chiffres entrelacés.... un M et
un G... Marie de Guenersan... une belle fille et trois cent mille
écus de dot.. (Remuant la corbeille.) Je ne me servirai jamais de
ces mouchoirs-là, moi!

MORAND.

Il y a toile et toile, batiste et batiste... Cinquante mille francs,
par exemple!

TRUPHÈME.

Cinquante mille francs!... (A part.) Pour moi surtout qui ai mis
en circulation de certains billets... Ah! voilà une espérance
qu'il ne faudrait plus m'enlever.

MORAND.

Oui, cinquante mille francs?

TRUPHÈME.

Mais c'est assez pour ne pas mourir de faim...

MORAND.

Plus ma protection?...

TRUPHÈME.

C'est différent... Elle est donc vieille?

MORAND.

Dix-huit ans.

TRUPHÈME.

On ne fait jamais rien pour rien... Que gagnez-vous à mon
mariage?

MORAND.

Le repos.

TRUPHÈME.

C'est quelque chose. (Avec finesse.) Une de vos...

MORAND.

Non.

TRUPHÈME.

Une étourderie de jeunesse qui a grandi et qui est à cette heure une fille à marier?

MORAND.

Non.

TRUPHÈME.

Cela se complique... Une femme dont je serai le mari, et dont vous...

MORAND.

Mon fils a fait un choix qui ne me convient pas.

TRUPHÈME, à part.

Ah! Marguerite! (Haut.) C'est prudent.

MORAND.

Je payerai vos dettes.

TRUPHÈME, vivement.

Oh! pour cela, monsieur, je m'y oppose... (A part.) Il changerait les habitudes de mes créanciers...

MORAND.

Vous voyagerez deux ans, en Italie ou en Espagne, à votre choix ; je ferai les frais du voyage.

TRUPHÈME.

Vous me prenez par mon côté faible, général, j'ai des appétits d'artiste que je n'ai jamais pu satisfaire.

MORAND.

Vous acceptez?

TRUPHÈME.

Vous ne m'avez pas encore dit le nom de ma fiancée...

MORAND.

Vous le saurez quand vous m'aurez répondu.

TRUPHÈME, à part.

Ne nous pressons pas, l'affaire en deviendra meilleure. (Haut.) Je demande dix minutes de réflexion... général... Vous devez le comprendre... à l'heure d'une folie... (A part.) Cinquante mille francs... allons donc!... le repos du général vaut mieux que cela... je demanderai cent mille francs. (Regardant dans la coulisse.) Ah! voilà monsieur votre fils... il a l'air d'une élégie.

MORAND.

Donc, dans dix minutes?...

TRUPHÈME.

J'attendrai au jardin. (A part, en regardant Henri.) L'élégie du remords, peut-être... ça vaut cent cinquante mille francs. (Il sort. Henri, entre, pâle et absorbé.)

SCÈNE III

MORAND, HENRI.

MORAND, à part.

Marguerite mariée... Henri l'oubliera.

HENRI, à part, sans voir Morand.

Madame de Morand a-t-elle envoyé ma lettre?... Ah! que de cruautés entassées dans ces quelques mots!... Avant ce rendez-vous fatal... j'aurais peut-être pu... Mais aujourd'hui, ai-je bien le droit d'agir ainsi?... (Il s'assied accablé.)

MORAND, lui prenant la main.

Henri!...

HENRI, se levant.

Ce n'est rien, mon père... mes dernières larmes qui s'en vont!... Je serai courageux, soyez tranquille.

MORAND.

Vous devez ce sacrifice à votre nom.

HENRI.

Oui!... je vous dois surtout de n'être pas un sujet de scandale dans votre maison.

MORAND.

Je n'attendais pas moins de vous, Henri.

HENRI.

Mais il est bien entendu, n'est-ce pas, mon père, que je n'épouserai jamais mademoiselle de Guenersan... ni elle, ni personne?...

MORAND.

Vous êtes libre.

HENRI.

Mon cœur est à Marguerite! je ne peux lui donner mon nom!... Ah! pauvre fille!

MORAND.

Vous êtes un homme d'honneur; vous n'avez rien à vous reprocher, j'en suis certain.

HENRI.

Et s'il n'en était pas ainsi... que feriez-vous?... (Mouvement de Morand.)

MORAND, froidement.

Rien de plus, rien de moins.

HENRI, avec un sourire amer.

J'avais l'idée de vous tromper, c'est inutile, vous voyez... (A part,) Je ne veux donner à personne le droit de l'accuser!... (Haut.) Je ne doute pas de la honte d'André... vous me l'avez juré... Mais votre parole sera-t-elle une raison suffisante pour que cette pauvre enfant croie au déshonneur de son père... son père, qu'elle aime et qu'elle vénère comme on aime et comme on vénère Dieu?... Elle pourra douter, et elle doutera... elle demandera des preuves... et, à sa place, j'en ferais autant, mon père. (Rose passe dans la serre.)

MORAND.

Des preuves?... (Rose revient avec Louise de la serre.)

ROSE, à Louise.

Oui, madame, mademoiselle Marguerite est là.

HENRI, à part.

Marguerite!... (Louise descend la scène.)

SCÈNE IV

LOUISE, MORAND, HENRI, ROSE, dans le fond.

HENRI, à Louise.

Ah! soyez douce et bonne pour elle, madame... elle n'est pas responsable des fautes de son père!

LOUISE.

Comptez sur moi.

HENRI.

Rose, enlevez cette corbeille!

LOUISE.

Non, laissez... (A Henri.) L'attente d'un malheur est souvent plus cruelle que le malheur lui-même.

HENRI.

Oh!...

LOUISE.

Cette corbeille, ces dentelles, ces bijoux, parleront d'eux-mêmes. (A Rose.) Faites entrer. (Rose sort.)

MORAND, à Louise.

Souvenez-vous, madame, que c'est à la fille d'André Gérard que vous allez parler. Venez, Henri. (Ils sortent. Rose introduit Marguerite.)

SCÈNE V

LOUISE, MARGUERITE.

LOUISE, à Marguerite.

Entrez, mademoiselle, entrez...

MARGUERITE, s'avançant.

Madame...

LOUISE, fouillant dans la corbeille.

Vous me trouvez occupée de chiffons, vous voyez...

MARGUERITE, à part, avec joie.

Une corbeille de mariage!

LOUISE, à part.

Le coup est porté!

MARGUERITE, à part.

Henri m'avait bien dit de ce serait la première surprise qu'il me ferait à son retour! (Haut, timidement.) Une corbeille?...

LOUISE.

Monsieur de Morand marie son fils... Il le marie à une noble jeune fille... qui lui apporte en dot un nom sans tache... une famille honorable et honorée.

MARGUERITE, à part.

Soyez béni mon Dieu de m'avoir donné pour père un honnête homme! (Regardant dans la corbeille.) Ah! les riches étoffes!... (A part.) Les couleurs que je préfère!... (Haut.) Les belles perles!... (A part.) Il m'a souvent dit que les perles feraient bien dans mes cheveux!... (Haut.) Et ce mouchoir!... (A part.) Mes initiales... Henri!... Henri!... oh! que je t'aime!...

LOUISE, à part.

Qu'a-t-elle donc compris?... (Haut.) Vous souriez?... en ce moment?... vous?...

MARGUERITE.

Mon cœur déborde, madame!...

LOUISE.

Marguerite!

MARGUERITE.

Ah! vous êtes bonne! je ne pouvais moins espérer, protégée par vous!... Ah! laissez-moi vous regarder, laissez-moi vous bénir!... Vous avez voulu me laisser tout deviner!... Ah! je suis bien heureuse!... (Lui baisant la main.) Ah! madame, madame!...

LOUISE.

Que faites-vous?... je ne vous comprends pas?...

MARGUERITE, lui montrant le mouchoir en riant.

Mais regardez alors!...

LOUISE.

Moi?

MARGUERITE.

Un M et un G... Est-ce que je ne m'appelle pas Marguerite Gérard?... Comprenez-vous, enfin?...

Ah! malheureuse!

LOUISE, à part.

Vous vouliez peut-être laisser à Henri la joie de m'apprendre mon bonheur... Eh bien! je ne sais rien... je n'ai rien vu!...

LOUISE, à part.

Sa joie me fait mal!

MARGUERITE.

Un moment j'ai eu peur, figurez-vous... votre silence... votre air mystérieux et froid.... tout cela m'avait troublée... mon bonheur était là, et je ne pouvais y croire... pourquoi y ai-je cru? je n'en sais rien!... je parle comme une folle... n'est-ce pas, madame?... Tenez, je ris et je pleure à la fois!... j'ai tant souffert, voyez-vous!... j'avais si peur de vivre éternellement loin de lui!... Mais parlez-moi donc, madame!... Ah! ce bonheur... cette joie... mon cœur éclate... Ah! laissez-moi pleurer, madame, laissez... laissez! (Elle pleure sur les mains de Louise.)

LOUISE.

Ecoutez-moi, Marguerite...

MARGUERITE.

Je suis une égoïste... ma mère souffre, et je garde mon bonheur pour moi seule!... et mon père!... Mon pauvre père!... il est rentré cette nuit inquiet et morne... Ce matin, les enfants sont accourus pour l'embrasser, il les a repoussés... J'ai voulu lui parler, il s'est enfermé dans son atelier sans me répondre... Je l'entendais marcher... son pas était irrégulier... tantôt lent, comme si ses pensées l'accablaient, tantôt précipité, comme si le désespoir l'emportait... Vous voyez que je dois me hâter... Je leur dirai mon bonheur... ils oublieront tout pour m'embrasser!... le voulez-vous, madame?

LOUISE, lui donnant la lettre d'Henri.

Lisez.

MARGUERITE, tressaillant.

L'écriture d'Henri?

LOUISE.

Une lettre qu'il vous adresse.

MARGUERITE, prenant la lettre.

Comme vous me dites cela!

LOUISE.

Lisez.

MARGUERITE, à elle-même.

Ah! mon Dieu! je n'ose pas!... Ah! comme il faut peu de chose pour bouleverser toute une vie! (A Louise.) Vous devez savoir ce que contient cette lettre... dites-le-moi, madame... Henri... Henri ne m'aime plus... il me trahit... il m'abandonne, n'est-ce pas?... vous vous taisez?... (Ouvrant la lettre brusquement.) Mais quel est donc ce malheur?... (Après avoir lu, la froissant.) Oh! c'est indigne!... Signée, Henri!... Et il a osé écrire cela!... (A Louise.) C'est bien d'Henri, madame, et il calomnie mon père, le comprenez-vous?...

LOUISE.

Henri ne calomnie personne.

MARGUERITE, avec indignation.

Personne!... (Cherchant des yeux.) Mais où est-il?... où est-il? (Elle sonne, Joseph paraît, Marguerite à Joseph.) Allez dire à monsieur Henri que madame de Morand l'attend! allez, allez!... (Joseph s'éloigne.)

LOUISE.

Vous vous oubliez, mademoiselle.

MARGUERITE.

Pardon, madame, je me souviens de mon père qu'on outrage!... Mon père... madame... mon père! (Henri entre.)

SCÈNE VI

LOUISE, MARGUERITE, HENRI.

MARGUERITE, à Henri.

On m'affirme que cette lettre est de vous, monsieur?

HENRI.

C'est vrai.

MARGUERITE.

Voyons, regardez-la bien?

HENRI.

Elle est de moi.

MARGUERITE.

De vous?... Et mon père est un voleur... et mon père est un là he... Vous devez sans doute en avoir la preuve... Où est-elle? Ah! vous pâlissez!... c'est un prétexte, n'est-ce pas?... Prétexte lâche et honteux, misérable et vil, quand c'est l'hon-

neur et la dignité d'un vieillard que vous flétrissez!... Vous ne m'aimez plus, ayez le courage de me le dire, j'aurai la force de vous entendre!... Je ne m'impose pas dans votre maison!... mais cette calomnie qui frappe mon père, je la repousse, cette lâcheté, je vous la renvoie, et lorsque vous osez salir son nom et couronner cette noble tête de cette honte, je n'ai qu'un mot à vous répondre, monsieur, vous mentez!...

HENRI.

Marguerite!

MARGUERITE.

Un voleur... lui... et je l'aurais aimé et estimé?... Ah! vous mentez!

HENRI.

Oh!

MARGUERITE.

Dites que vos serments vous pèsent... dites que la pauvreté ne s'allie pas à l'opulence, et que la pauvre fille ferait tache dans vos salons... dites que vous en riez... que vous la chassez... je vous croirai!... mais que j'accuse et insulte mon père à votre exemple, mais que je le traîne dans la fange de vos calomnies, mais que je le mette au-dessous de vous quand il vous domine de toute la hauteur de sa probité et de sa vertu, allons donc!... (Se laissant tomber sur une chaise en sanglotant.) Oh! mon Dieu! mon Dieu!

HENRI, se jetant à ses pieds.

Pardonnez-moi, Marguerite, pardonnez-moi!... je n'ai rien dit!... je vous aime!

LOUISE, à part.

Il y a en elle un tel accent de vérité...

HENRI.

Je vous crois, je vous crois!

LOUISE.

Voyons, Marguerite... monsieur de Morand s'est peut-être trompé... il a peut-être mal vu...

MARGUERITE, vivement.

N'est-ce pas, madame?...

HENRI.

J'espère encore, Marguerite!... je parlerai à mon père, vous serez présente!

MARGUERITE, se levant.

Non... pas devant moi...

LOUISE.

Marguerite a raison, Henri... voyez votre père... Monsieur de Morand est trop juste pour ne pas chercher à s'éclairer s'il a seulement un doute dans l'esprit... il va venir, nous vous laissons!

MARGUERITE, à part.

Ayez pitié de moi, mon Dieu!

LOUISE, à Henri.

Nous serons là. (A Marguerite.) Venez, venez. (Elles entrent dans la chambre de droite. Morand paraît dans le fond.)

SCÈNE VII

HENRI, MORAND.

HENRI, sans voir Morand.

Oui, j'ai horreur de mes soupçons!... André n'est pas coupable!... non, cet honnête homme qui n'a pas eu un reproche à se faire pendant cinquante ans, ne peut être le misérable que mon père accuse... non, non!... (Apercevant Morand.) Ah!... (Allant à lui avec résolution.) Mon père!...

MORAND, sévèrement.

Je sais ce que vous allez me dire, monsieur! Votre amour parle plus haut que votre raison, c'est possible, mais je suis de ceux qui ne transigent jamais avec la honte! Je sacrifierai ma vie avant de participer à une lâcheté!

HENRI.

Mon père...

MORAND, avec tendresse.

Et vous avez douté de votre père?... Ah! vous êtes un ingrat, Henri... mais je vous ai élevé avec les soins et la sollicitude d'une mère, mais vos caprices ont été mes lois, votre bonheur mon but... mais vous êtes mon orgueil et ma joie... et vous avez pu me faire cette douloureuse injure de croire que j'ai légèrement sacrifié votre bonheur... Ah! c'est mal, Henri, c'est mal!

HENRI.

Je suis bien malheureux! (Il se jette dans ses bras.)

SCÈNE VIII

LES MÊMES, JOSEPH.

JOSEPH, annonçant.

Monsieur André Gérard.

HENRI.

Ah! tant mieux... Il pourra peut-être répondre à vos accusations!...

MORAND.

Je le désire. C'est moi qui l'ai fait demander.

HENRI.

Vous?...

MORAND.

Je ne veux pas qu'il y ait même l'ombre d'un doute entre nous. (A Joseph.) Faites entrer. (A Henri.) Vous déciderez vous-même de votre destinée. (Le reconduisant jusqu'à la porte.) Vous allez tout entendre, et si vous croyez encore cette union possible, je vous donne d'avance mon consentement. (Henri entre dans la chambre de droite où vont déjà Louise et Marguerite. — André Gérard paraît dans le fond ; il n'aperçoit pas Morand.)

SCÈNE IX

MORAND, ANDRÉ GÉRARD.

ANDRÉ GÉRARD, à part.

En entrant dans cette maison j'ai senti comme un soulèvement de honte. Pourquoi m'a-t-il fait venir?... Que peut-il me vouloir? (Apercevant Morand.) Je me rends à vos ordres, monsieur.

MORAND.

J'ai une restitution à vous faire.

ANDRÉ GÉRARD.

A moi?

MORAND, lui présentant un portefeuille.

A vous.

ANDRÉ GÉRARD.

Ce portefeuille ne m'appartient pas.

MORAND.

C'est l'argent que vous m'avez gagné.

ANDRÉ GÉRARD.

Je m'étais dit, monsieur, que j'allais au-devant d'une nouvelle torture, je ne m'étais pas trompé. (Il s'incline et veut s'éloigner.)

MORAND.

Vous aimez mieux que je le fasse porter chez vous, je le veux bien.

ANDRÉ GÉRARD, s'arrêtant.

Chez moi!... (Descendant la scène.) Vous êtes cruel.

MORAND.

A qui la faute?

ANDRÉ GÉRARD, douloureusement.

Oh! à moi, monsieur, à moi!

MORAND, lui présentant le portefeuille.

Ne vous en prenez qu'à vous-même alors. Ah! prenez garde, vos hésitations finiraient par me convaincre que j'ai eu raison de vous traiter...

ANDRÉ GÉRARD.

Comme un voleur... dites le mot, monsieur.

MORAND.

Et que l'outrage, cet outrage sanglant que vous avez reçu..

ANDRÉ GÉRARD.

Dites encore le mot, un soufflet...

MORAND.

Vous l'avez gardé...

ANDRÉ GÉRARD.

Achevez, monsieur, comme un lâche! — Mais je me demande s'il est bien digne d'un homme de cœur de rappeler à un autre homme l'insulte qu'on lui a faite, quand on a la certitude que cet homme... ne veut pas d'une réparation.

MORAND.

J'accepte la leçon. — Nous avons joué, j'ai perdu, je vous paye, quoi de plus simple?... Les dettes de jeu ne se discutent pas, la façon de perdre n'y fait rien. (Il lui tend le portefeuille.) Emportez votre argent.

ANDRÉ GÉRARD.

Encore une fois, je refuse.

MORAND.

Je vous le donne.

ANDRÉ GÉRARD.

Voulez-vous me le prêter, monsieur?

MORAND.

Soit.

ANDRÉ GÉRARD, prenant le portefeuille.

Merci, oh! merci!—Je vous le rendrai un jour... et alors, je vous dirai ma vie!... Oh! ne souriez pas, monsieur le comte... vous ne savez pas... vous ne pouvez pas savoir tout ce qu'il y a de tortures souvent dans un sourire ou dans un geste!... Non, ne souriez pas! .. Mais qui vous dit que je ne me fais pas une dignité de mon silence?... Qui vous dit que le hasard... la misère...

MORAND.

Oui, la misère!... le grand mot, la grande excuse!... Eh!

les plus grands coupables ont tous une théorie pour excuser leurs crimes. La misère ne conseille l'infamie qu'aux âmes d'avance corrompues. Les pauvres pas plus que les riches n'ont fait un pacte avec la honte, et, Dieu merci, en haut comme en bas, existent des âmes fières qui se fortifient de leur propre estime.

ANDRÉ GÉRARD.

C'est vrai.

MORAND.

Quant aux autres... tenez, je veux faire une exception pour vous.— Jurez-moi que vous êtes un honnête homme, et je vous croirai. . jurez-moi sur la vie de vos enfants que vous avez joué et gagné loyalement, et j'aurai l'honneur de vous demander pardon de l'outrage que je vous ai fait!... Vous vous taisez?... Allons, c'est bien... Vous n'avez pas du moins l'audace du mensonge. (Il jette un regard à droite.)

ANDRÉ GÉRARD, à part.

Pourquoi a-t-il regardé de ce côté?

MORAND, de même.

Je souffre autant que vous de la fatalité de cette entrevue.

ANDRÉ GÉRARD, à part.

Encore!...

MORAND.

Mais je devais... je me devais à moi-même cette explication sévère.

ANDRÉ GÉRARD, à part.

Quelqu'un est-là!

MORAND.

Je me devais de ne pas laisser subsister un doute dans mon esprit.

ANDRÉ GÉRARD, à part.

Si c'était ma femme!... si c'était ma fille!... (Haut.) Monsieur le comte, il y a quelqu'un dans cette chambre?

MORAND.

Monsieur...

ANDRÉ GÉRARD.

On a le pressentiment de ses malheurs!... Il y a là quelqu'un... je le sens à ma terreur... je le sens à mon désespoir!... ouvrez-moi cette porte!...

MORAND.

Vous êtes chez moi, monsieur!

ANDRÉ GÉRARD.

Ah! ces gens, ces honnêtes gens qui ont l'orgueil et la cruauté de leur vertu... ils vous marchent sur le cœur sans se demander si ce pauvre cœur qui saigne n'a pas été déchiré par le désespoir! — (A Morand.) Ouvrez-moi cette porte!

MORAND.

Sortez!

ANDRÉ GÉRARD.

On me soufflette et l'on m'insulte à mes heures, monsieur le comte!... vous m'écrasiez du talon tout à l'heure, maintenant place, place!... (Il le repousse, va vers la porte et recule devant Henri qui apparaît sur le seuil.)

SCÈNE X

LES PRÉCÉDENTS, HENRI.

ANDRÉ GÉRARD, à part, avec joie.

Ah! je respire!... je pourrai rentrer chez moi sans avoir à redouter le regard de mes enfants.

HENRI, à Morand.

Mon père!...

ANDRÉ GÉRARD, surpris.

Votre père?...

HENRI.

J'ai tout entendu, monsieur.

ANDRÉ GÉRARD, calme.

J'en suis fâché pour votre père.

MORAND.

Monsieur!...

ANDRÉ GÉRARD, à Morand.

Oui, je vous plains, car une raison mauvaise vous a poussé à avoir ce témoin... oui, je vous plains, car vous m'aviez juré de garder mon secret... oui, je vous plains, car, si vil et si dégradé que je vous paraisse, si infâme que je puisse être à vos yeux, je ne voudrais pas avoir commis cette impiété d'enseigner à mon fils le mépris de la vieillesse, et de donner à un enfant le triste spectacle du malheur et de la dégradation d'un vieillard.

MORAND.

Monsieur, vous oubliez...

ANDRÉ GÉRARD, douloureusement.

Oh! je n'ai rien oublié...—Dieu me juge, il suffit. (Il sort.)

MORAND, à part.

Homme étrange!... (Marguerite entre, elle est pâle et se soutient à peine; elle traverse le théâtre de droite à gauche, s'arrête devant Henri avec une douloureuse émotion, puis continue; en passant devant Morand, elle courbe la tête; elle porte la main à son cœur en apercevant la corbeille ; enfin, par un dernier effort, elle va pour sortir en étouffant ses sanglots).

HENRI.

Non! non ! (Marguerite s'arrête. A Morand, les mains jointes.) Mon père! mon père!

MORAND.

Jamais!

HENRI.

Vous avez juré à ma mère mourante d'assurer mon bonheur... Eh bien! mon bonheur, c'est elle, ma vie est en elle !...

MORAND.

Jamais, jamais!...

MARGUERITE.

Je ne vous en veux pas, monsieur !... (Elle sort).

SCÈNE XI

HENRI, MORAND.

HENRI.

Vous avez deux hommes à mépriser : André Gérard, le voleur d'argent, Henri de Morand, le larron d'honneur !

MORAND.

Vous?...

HENRI.

Quand vous me verrez pleurer maintenant, vous saurez la cause de mes larmes !...

ACTE QUATRIÈME

Même décor qu'au premier acte. André pousse la porte et entre avec hésitation.

SCÈNE PREMIÈRE

ANDRÉ GÉRARD.

J'ai toujours peur que ma honte ne franchisse mon seuil avec moi !... qu'elle ne m'ait devancé surtout !... (Tressaillant.) Ces chaises ne sont pas à leur place !... quelqu'un est venu... qui?... non, rien n'est dérangé... Marguerite n'est pas rentrée... Ma femme est ressortie... Je suis bien seul !... j'aime mieux cela !... je n'ose plus les regarder!... C'est égal, cette maison déserte... ce silence... il me semble que je marche vivant dans ma tombe! .. non, j'entends trop ma pensée!... où sont donc les enfants?... (Il va à la fenêtre et regarde.) Les voilà dans la petite cour du jardin... Jouez, riez!... Votre gaieté est ma récompense... j'écoute la vie à travers vos éclats de rire... oui, riez, vous grandirez assez tôt et pleurerez assez vite!... Oh! je ne vous manquerai ni aux uns ni aux autres, allez! (Il va à la table.) Au travail !.. (Passant la main sur son front, douloureusement.) Ah ! j'oubliais!... — Que serais-je pourtant devenu sans cet argent que monsieur de Morand m'a prêté?... J'accepterai n'importe quelle condition... Je gagnerai bien quarante ou cinquante sous par jour... et avec ces cent vingt louis... Oui, nous pourrons vivre deux ans!... deux ans!... et je rendrai à monsieur de Morand son argent!... et ma vengeance sera de lui raconter ma vie!... Ah! cet artiste aveugle qui survit à ses facultés.., ce malheureux père de famille qui se débat obscurément dans les profondeurs de son abnégation et de son dévouement .. il est digne de pitié s'il est indigne de pardon! (Truphème entre.)

SCÈNE II

ANDRÉ GÉRARD, TRUPHÈME.

TRUPHÈME, à part.

Comment va-t-il me recevoir?... Monsieur de Morand n'a pas hésité à m'accorder les cent cinquante mille francs, et j'hésiterais à les gagner... allons donc! j'ai vécu jusqu'ici au hasard, il est temps d'assurer ma vie! (Haut.) Bonjour, André.

ANDRÉ GÉRARD, se retournant.

Vous?... encore vous?... mais, savez-vous bien...

TRUPHÈME.

Prends garde... si ta fille ou ta femme entrait, elles pourraient entendre de certaines choses qu'il n'est pas utile qu'elles sachent.

ANDRÉ GÉRARD, à part.

Que vient-il encore me proposer?

TRUPHÈME, à part.

Le voilà calmé. (Haut.) Nous sommes complices... que veux-tu de plus?

ANDRÉ GÉRARD.

Complices?... oui, mais e porte seul la peine.

TRUPHÈME.

Oh ! qu'à cela ne tienne. Tu ne me connais pas. Je vais t'écrire en toutes lettres, si tu veux, que tu es innocent, que j'ai seul préparé les cartes, et t'ai fait jouer sans t'avoir prévenu. Tu pourras montrer ma lettre à monsieur de Morand.

ANDRÉ GÉRARD.

Ce serait ajouter l'impudence au crime.

TRUPHÈME.

Alors ne te plains pas.

ANDRÉ GÉRARD.

Ta conscience ne te reproche donc rien?

TRUPHÈME.

Elle crie parfois, je la laisse crier : on se lasse de tout, elle se lassera.

ANDRÉ GÉRARD.

Où suis-je tombé?

TRUPHÈME.

L'échine s'assouplit. — Quel âge a ta fille?

ANDRÉ GÉRARD.

Pourquoi cette demande ?

TRUPHÈME.

Quel âge a-t-elle, enfin?

ANDRÉ GÉRARD.

Que t'importe ?

TRUPHÈME.

Je t'ai trouvé un gendre... ni vieux ni laid, plus cinquante mille écus de dot !

ANDRÉ GÉRARD.

Je ne veux pas marier ma fille.

TRUPHÈME.

Tu ne sais pas encore le nom de ton gendre. Cet homme, c'est moi.

ANDRÉ GÉRARD.

Toi?

TRUPHÈME.

Nous vivrons en famille. Tu aimes les enfants, tu élèveras les miens.

ANDRÉ GÉRARD.

Ton audace surpasse ton cynisme.

TRUPHÈME.

Cent cinquante mille francs?

ANDRÉ GÉRARD.

A qui as-tu volé cet argent ?...

TRUPHÈME.

Tu me refuses... moi?

ANDRÉ GÉRARD.

Toi surtout,...

TRUPHÈME.

Consulte ta fille.

ANDRÉ GÉRARD.

Ma fille !

TRUPHÈME.

Consulte ta femme.

ANDRÉ GÉRARD.

Va-t'en, tu me lasses à la fin !

TRUPHÈME.

Tu m'as sans doute mal compris : cent cinquante mille francs !

ANDRÉ GÉRARD.

Ma fille n'est pas à vendre.

TRUPHÈME.

C'est là ton dernier mot?

ANDRÉ GÉRARD.

Le dernier. (Truphème va pousser les verroux à la porte du fond.) Que fais-tu là ?

TRUPHÈME.

Je ne veux pas être dérangé. — Ecoute, André... Je ne te dirai pas que je me ferai une arme de ton secret, que je te déshonorerai aux yeux de tes enfants, si tu me résistes... non; tes enfants ne me croiraient pas... ni que j'en appellerai au témoignage de monsieur Morand... ce serait recourir à un scandale dangereux pour tous deux... mais je te dirai que j'épouserai ta fille... tu n'as qu'à bien me regarder pour t'en convaincre.

ANDRÉ GÉRARD.

Des menaces?

TRUPHÈME.

Si j'avais tenu compte des obstacles, je n'aurais pas vécu deux jours. — Tu as été sans cesse comme un reproche dans ma vie : enfant, comme un modèle; homme, comme un exemple... Je ne t'ai jamais aimé, et je ne t'aime pas encore, bien que tu sois à mon niveau.

ANDRÉ GÉRARD.

Tu es bien le principe du mal...

TRUPHÈME.

Le monde appartient au mal... C'est une petite revanche que prend Satan. (Posant un papier sur la table.) Voici le contrat... un contrat à ma façon... autrement dit, le pacte qui nous lie... Allons, signe.

ANDRÉ GÉRARD.

Tu me fais pitié !

TRUPHÈME.

C'est ma fortune, c'est mon avenir que je te dispute !

ANDRÉ GÉRARD.

Après ?

TRUPHÈME.

On ne me résiste pas impunément.

ANDRÉ GÉRARD.

Veux-tu que je te dise ta pensée ?

TRUPHÈME.

Dis.

ANDRÉ GÉRARD.

Tu médites un crime.

TRUPHÈME, froidement.

Signe.

ANDRÉ GÉRARD.

Ma veuve accueillerait l'assassin de son mari, n'est-ce pas ?.... tu prêtes ton cœur aux autres.

TRUPHÈME, tirant un papier de sa poche.

Tu oublies cette lettre... cette lettre par laquelle tu annonçais à ton père ta résolution de mourir.

ANDRÉ GÉRARD.

Achève.

TRUPHÈME.

Pour tout le monde, tu auras mis ton projet à exécution, et je serai arrivé trop tard, voilà tout.

ANDRÉ GÉRARD.

Dieu ne peut permettre que la fille épouse l'assassin de son père, tu peux me tuer!

TRUPHÈME.

Réfléchis.

ANDRÉ GÉRARD.

Ma fille à toi !... La honte engendre la honte !

TRUPHÈME.

Réfléchis, réfléchis.

ANDRÉ GÉRARD.

La famille ne s'élève pas sur la dépravation et le crime, elle s'élève sur les bases sacrées du respect et de la vertu !

TRUPHÈME, menaçant.

Signe !

ANDRÉ GÉRARD.

Insensé qui s'est dit : « Voilà un malheureux qui a acheté le » pain de ses enfants au prix de son honneur... eh bien, il ven- » dra les autres comme il s'est vendu lui-même .. il vendra » sa fille pour sauver le reste !...» — Tu as menti !... Allons, tue !... (Il lui présente sa poitrine.)

André !

TRUPHÈME.

Lâche qui s'est dit : « Je lui mettrai sous les yeux le mépris » et la malédiction de ses enfants, et s'il résiste, je lui poserai » une arme sur le cœur, et comme il a déjà reculé devant la » mort, il reculera de nouveau en me livrant sa fille...» — Tu as menti !... Assassine-moi donc !

TRUPHÈME.

C'est toi qui l'auras voulu.

ANDRÉ GÉRARD, avec exaltation.

Le dévouement sauve le monde, la mort rachète la vie !

TRUPHÈME.

Une dernière fois, signe !

ANDRÉ GÉRARD.

Ta main tremble.

TRUPHÈME, faisant le mouvement de prendre une arme cachée sous sa redingote.

Ma volonté ne tremble pas, signe !

ANDRÉ GÉRARD, en posant la main sur le bras.

Ta main tremble, car Dieu t'apparaît... ta main tremble, car la peur te saisit... ta main tremble, car tes crimes, tes hontes, ta vie souillée, pèsent sur ton bras et paralysent ta volonté!... Allons, assassin du courage!... Ce n'est pas l'orgueil qui me soutient, c'est le devoir!...

TRUPHÈME, reculant d'un pas.

Le devoir!

ANDRÉ GÉRARD, marchant sur lui.

C'est le dévouement!

TRUPHÈME, reculant.

Oh !

ANDRÉ GÉRARD.

C'est la foi!

TRUPHÈME, avec rage.

C'est donc quelque chose que la vertu?

ANDRÉ GÉRARD.

C'est tout ! (Pause.)

TRUPHÈME, à part.

Pas un homme complet !... à commencer par moi!... (Après un moment d'hésitation, haut.) Adieu! (il sort.)

SCÈNE III

ANDRÉ GÉRARD.

Il hésite aujourd'hui, hésitera-t-il demain?... ah !... l'oisiveté, l'oisiveté!... Malgré moi mon cœur se soulève encore d'indignation !... Marguerite !... ma fille !... cette pure et chaste enfant qui ignore même que le mal existe! .. Cet homme est fou!... Allons, songeons au plus pressé... (Il se remet à la table, et calcule.) Oui, oui... (Mettant une somme de côté.) C'est cela ! (Marguerite entre, elle est sombre et agitée.)

SCÈNE IV

MARGUERITE, ANDRÉ GÉRARD.

ANDRÉ GÉRARD, à part.

Marguerite! (Il ramasse vivement l'argent.) Cet argent!... j'ai eu peur... j'ai cru que cet argent allait parler!... Ah! quel châtiment doit infliger le crime au dévouement a de pareilles tortures!

MARGUERITE, jetant son aiguille qu'elle a cassée, avec irritation.

Ces aiguilles ne valent rien ! (Elle en prend une autre.)

ANDRÉ GÉRARD, à part.

Pourquoi ne m'a-t-elle pas embrassé en entrant?

MARGUERITE, laissant tomber son ouvrage sur ses genoux, à part.

Oh ! la vie !... il faudra bien en finir pourtant !... (Elle se lève et se dirige vers l'escalier.)

ANDRÉ GÉRARD, la retenant.

Où vas-tu ?...

MARGUERITE, sèchement.

Là-haut... j'ai à travailler.

ANDRÉ GÉRARD.

Ta main est brûlante !... Souffres-tu ?..

MARGUERITE.

Non.

ANDRÉ GÉRARD.

Tu sembles avoir pleuré?

MARGUERITE.

Moi?... je n'ai jamais été plus gaie... Que prouvent les larmes, d'ailleurs ?...

ANDRÉ GÉRARD.

Comme tu me dis cela ?... Il y a presque de l'aigreur dans tes paroles, sais-tu ?... T'ai-je fait quelque chose, mon enfant ?...

MARGUERITE.

Vous ?

ANDRÉ GÉRARD, à part.

Oh ! ce sourire!... saurait-elle la vérité?... La vérité!... rougir devant elle !... ma fille !... oh ! mon Dieu !... Je n'ose p us l'interroger, et j'ai peur de son silence !... (La retenant.) Non, reste... — Où est ta mère ?

MARGUERITE.

Je n'en sais rien.

ANDRÉ GÉRARD.

Elle m'a paru agitée ce matin ?

MARGUERITE.

Elle souffrait.

ANDRÉ GÉRARD, hésitant.

Il n'est venu... personne?

MARGUERITE.

Personne.

ANDRÉ GÉRARD.

Mais qu'as-tu donc ?

MARGUERITE.

Rien, mais rien.

ANDRÉ GÉRARD.

Alors, embrasse-moi... (A part.) Elle ne m'a pas embrassé comme de coutume ! (Avec résolution.) Tu as quelque chose, Marguerite... je te dis que tu as pleuré !...

MARGUERITE.

Eh bien, c'est vrai ! (Mouvement d'André.)

ANDRÉ GÉRARD, à part.

J'aurai le courage de l'entendre!... (Haut.) J'écoute... qu'est-il arrivé?

MARGUERITE.

Oui, j'ai pleuré... Je viens de rencontrer une pauvre fille...

ANDRÉ GÉRARD, avec joie.

C'est donc du malheur d'une autre?...

MARGUERITE.

Oui, une ancienne amie!

ANDRÉ GÉRARD, à part.

Ah! je respire!

MARGUERITE.

Cette malheureuse fille avait aimé... elle avait failli... Elle avait encore une espérance, pourtant, car l'homme qu'elle aimait lui avait dit : Tu es pauvre; mais mes parents tiennent moins à la fortune qu'à l'honneur, et le nom de ton père, ce nom sans tache, sera une dot suffisante pour eux. — Vous comprenez la joie de cette pauvre enfant?... elle qui avait un père si grand, si bon, si dévoué, qu'elle l'aimait comme on aime Dieu!... Eh bien, son père l'avait trompée!

ANDRÉ GÉRARD, tressaillant.

Trompée?

MARGUERITE.

La famille du jeune homme avait consenti au mariage... Déjà la corbeille était prête... déjà les deux fiancés se souriaient dans l'avenir de leur bonheur... Eh bien!... On viendrait vous dire que ma mère est une misérable... vous en ririez, n'est-ce pas?... Eh bien! l'âme et le cœur de cette malheureuse se sont soulevés d'indignation lorsqu'on a osé lui dire que son père était un homme... sans probité... et sans courage!... C'est bien horrible, n'est-il pas vrai?... Mais elle a dû se taire... et de cette maison où elle était entrée radieuse et souriante, elle s'en est allée tête basse, honteuse et désespérée !

ANDRÉ GÉRARD.

On a peut-être calomnié son père...

MARGUERITE.

Elle aurait donné sa vie pour le croire!

ANDRÉ GÉRARD.

Et pourquoi n'y croirait-elle pas?... N'a-t-elle donc rien dans le cœur, rien dans l'âme qui l'y pousse?

MARGUERITE.

Elle a vu... elle a entendu !

ANDRÉ GÉRARD.

Entendu?

MARGUERITE.

Elle sait tout, enfin!

ANDRÉ GÉRARD, avec explosion.

Ah! tu étais dans cette chambre!

MARGUERITE, avec des larmes.

Dites-moi qu'on vous a calomnié, je vous croirai!

ANDRÉ GÉRARD, marchant à grands pas, avec désespoir.

Elle était là!... ma fille!... Ah! monsieur de Morand!... monsieur de Morand!... Ah! mon Dieu!... ma fille me méprise... elle me méprise à présent !

MARGUERITE.

Nous pouvons vivre ensemble, ou nous méprise tous deux!

ANDRÉ GÉRARD.

Tous deux?... ah! je deviens fou!... mais que veux-tu dire?... tous deux?... mais cette malheureuse fille perdue, c'est donc toi?.. cette fille déshonorée, c'est toi?... ah! tu mens!... tu veux me rendre la torture que tu as subie tantôt en écoutant ma honte... tu veux me faire connaître la douleur qu'on peut éprouver en doutant de ceux qu'on a le plus aimés... Voyons, ma bonne Marguerite... voyons, mon enfant... j'oublie la dureté de tes paroles... je te pardonne... mais tu es toujours la pure et noble jeune fille que j'ai élevée... Oh! oui, n'est-ce pas... l'enfant de mes rêves, l'enfant de mon cœur, la joie et l'orgueil de cette maison ?

MARGUERITE, baissant la tête.

Oh!

ANDRÉ GÉRARD.

Tu n'as pas profité des heures où le travail me tenait enchaîné à cette table... des heures douloureuses où ta mère était presque mourante au lit... Non, tu n'as pas choisi ce moment pour abuser de notre confiance... non, non... tu peux encore regarder ta mère sans rougir, n'est-ce pas... tu le peux, tu le peux, n'est-il pas vrai?

MARGUERITE.

Non ! (André se précipite sur un outil pour la tuer, elle se réfugie au pied de l'escalier. — Avec terreur.) Ah !

ANDRÉ GÉRARD, après un moment d'hésitation, jette le burin.

Non, tu vivras! .. la mort qui doit être ma plus douce récompense ne peut pas être ton châtiment, tu vivras!— Qu'ai-je fait pour souffrir ainsi?... (A Marguerite.) Ah! je suis tombé si bas, qu'en voulant d'abîme en abîme tu m'as rencontré au dernier degré de la honte!... Moi, l'homme sans probité?

MARGUERITE.

Mon père !

ANDRÉ GÉRARD.

Moi, l'homme sans courage?...

MARGUERITE.

Mon père, mon père!

ANDRÉ GÉRARD, éclatant.

A genoux... à genoux, fille éhontée et perdue, à genoux! (Il l'agenouille violemment. Avec douleur.) Ah! les ingrats!... ils n'ont voulu rien comprendre!... Que n'ai-je pas fait pour eux?... j'ai pris de mes nuits pour prolonger leur repos, de ma vie pour allonger la leur, et, dévouements, abnégations, sacrifices, le pain gagné, le sang de mes veines tari, tout enfin, tout, mon Dieu, ils ont tout oublié !

MARGUERITE.

Ah! pardonnez-moi!

ANDRÉ GÉRARD.

Vous avez raison, du reste, il ne faut se déshonorer pour personne!

MARGUERITE.

Je vous crois, je vous crois !

ANDRÉ GÉRARD.

Que croyez-vous?... misérable et lâche, je l'ai été... voleur, je le suis, que croyez-vous?... Ah! mon silence m'étouffe!... Mais voyons, regardez-moi... là... là... je suis aveugle!...

MARGUERITE.

Ah !

ANDRÉ GÉRARD.

Oh ! rassurez-vous... je vois encore assez pour mesurer ma honte et le mépris de mes enfants.

MARGUERITE.

Aveugle !

ANDRÉ GÉRARD.

Ces yeux qui vous regardent... brûlés... éteints... brûlés pour l'art, éteints pour le travail, voilà tout !

MARGUERITE.

Malheur! malheur!

ANDRÉ GÉRARD.

En vérité, je suis bien méprisable et bien lâche, n'est-ce pas?

MARGUERITE.

Et j'ai pu t'accuser !...

ANDRÉ GÉRARD.

Il vous fallait du pain, et j'en ai ramassé où j'ai pu... Il vous fallait la vie, et j'ai tué mon honneur pour vous faire vivre... voilà le voleur... voilà le lâche... peut-il donner la main à la fille dégradée, dites?...

MARGUERITE.

Et Dieu ne m'a pas foudroyée!

ANDRÉ GÉRARD.

Mais répondez donc!... mais ce vol dont on m'accuse, qui vous dit qu'on ne m'y a pas poussé?... et ce soufflet que j'ai gardé, qui vous dit qu'il ne me tuera pas un jour?

MARGUERITE, tombant à ses pieds.

Ah !

ANDRÉ GÉRARD.

Vous n'avez songé qu'à vos passions, et vos passions vous ont flétrie ; j'ai suivi mon dévouement, et mon dévouement m'a souillé... vous pensiez à vous, je songeais aux autres... l'intérêt double le crime, le dévouement épure la honte... ma maison n'est plus la vôtre, sortez !...

MARGUERITE, se traînant à ses pieds.

Ah ! ne me chassez pas!... je suis une malheureuse fille perdue, mais ne me chassez pas!... (S'attachant à lui.) Mon père !... ah ! gardez-moi... ah ! j'épurerai mon âme à la vôtre ! ah ! grâce! grâce !

ANDRÉ GÉRARD.

J'ai épuisé en une heure l'indulgence de toute ma vie !

MARGUERITE.

Je souffre, je pleure, je me repens!...

ANDRÉ GÉRARD.

Sortez!

MARGUERITE.

Mon père, je ne suis qu'une femme... mon père, je suis faible... mon père, je n'ai pas votre courage... je sens la vie qui m'écrase... j'y succombe... j'y succomberai... oh! pitié, miséricorde !...

ANDRÉ GÉRARD.

Dieu me juge, je vous juge, sortez!... (Marguerite se lève; la porte du fond s'ouvre, Marcelle paraît, pâle et chancelante.)

SCÈNE V

Les Mêmes, MARCELLE.

MARGUERITE, reculant.

Ma mère !

ANDRÉ GÉRARD.

Marcelle! (Pause. Marcelle va à Marguerite, la prend par la main et l'agenouille aux pieds d'André.)

MARCELLE, s'agenouillant à son tour.

Grâce pour elle, André!... on ne pardonne jamais trop tôt!... je ne veux pas mourir en laissant ma fille sous le poids des malédictions paternelles... Oh! grâce, grâce!

ANDRÉ GÉRARD.

Dieu seul est infini dans sa miséricorde.

MARCELLE.

La faute en est à moi, qui n'ai pas su veiller sur elle!... Oh! Marcelle, pardonne! (André ne répond pas.) Tu es le maître. (Elle se lève.) Viens, ma fille! (Elle fait quelques pas en chancelant.) Oh! (Elle tombe évanouie.)

MARGUERITE.

Ma mère!

ANDRÉ GÉRARD.

Marcelle!

MARGUERITE.

Ah! elle est morte!

ANDRÉ GÉRARD.

Tais-toi!... donne-moi ce flacon!... (Il met un genou en terre et soutient Marcelle dans ses bras.) Ma pauvre sainte! (Il lui fait respirer le flacon.) Rien!... les mains glacées!... le souffle éteint!... Marcelle! Marcelle, je pardonne!... viens dans mes bras, ma fille!... (A Marcelle.) Tiens, regarde, je lui pardonne... regarde, je l'embrasse!... (A Marguerite, en la serrant sur son cœur.) Oh! je ne veux pas d'une maison vide... je ne veux pas te faire deux fois orpheline!... Oh! sur mon cœur, sur mon cœur!

MARCELLE, revenant à elle.

Vous avez eu pitié de nous, mon Dieu!

ANDRÉ GÉRARD, avec joie.

Ah! (Il la transporte dans un fauteuil.)

MARCELLE, lui serrant la main.

Merci, André!

MARGUERITE.

J'ai été la malédiction de cette maison!

ANDRÉ GÉRARD, se redressant.

Tu en seras la réparation.

ACTE CINQUIÈME

Même décor qu'au premier acte.

SCÈNE PREMIÈRE

LOUISE, puis MARGUERITE.

(Louise pose plusieurs petits paquets sur la table, Marguerite descend de la chambre à droite.)

MARGUERITE, descendant.

Bien, bien, docteur.

LOUISE, allant à Marguerite.

Je n'ai pas été longue, vous voyez,... vous n'aurez à vous préoccuper de rien ainsi.

MARGUERITE.

Comment vous remercier?

LOUISE.

En ayant confiance en moi. Le mieux continue-t-il?

MARGUERITE.

Ma mère est plus calme, le docteur est auprès d'elle.

LOUISE.

Cette chute aurait pu être dangereuse... Vous ai-je dit que votre père avait écrit à monsieur de Morand?

MARGUERITE.

Oui.

LOUISE.

Cette lettre m'a émue jusqu'au fond de l'âme. (Comme se rappelant.) Ah!...

MARGUERITE.

Vous nous quittez déjà?

LOUISE.

Oui, un instant... (A part.) J'ai mon plan... (Haut.) Je veux votre bonheur!... Ah!... ne dites à personne que vous m'avez vue...

MARGUERITE.

Vous êtes bonne!

LOUISE, riant.

Eh oui!... la bonté est un luxe qui n'offense personne... Au revoir! (Elle sort.)

SCÈNE II

MARGUERITE, LE DOCTEUR.

MARGUERITE, seule.

Oh! bien bonne!... Quand je l'écoute, j'espère malgré moi!

(Elle va au devant du Docteur, qui descend.)

LE DOCTEUR.

Votre mère dort... recommandez aux enfants de ne pas faire de bruit.

MARGUERITE.

Je les ai éloignés pour toute la journée. — Ma mère va beaucoup mieux, n'est-ce pas, docteur?

LE DOCTEUR.

Je réponds d'elle maintenant.

MARGUERITE.

Est-il vrai, docteur, que monsieur de l'Eauzan soit arrêté?

LE DOCTEUR.

Oui... il est à cette heure chez le procureur du roi, pour de fausses signatures qu'il a faites. Dieu est toujours pour quelque chose dans les châtiments qu'infligent les hommes comme dans les récompenses qu'ils décernent. Mais ne parlez pas encore à votre père de cette arrestation... il a plus que jamais besoin de calme, de repos. — Est-il sorti?

MARGUERITE.

Non... il a passé sa nuit à écrire. Il a encore éprouvé ses douleurs au cœur?

LE DOCTEUR.

Ce n'est rien... Un peu de soins et de précautions, voilà tout...

MARGUERITE.

Le voici... (André entre pâle et défait.)

SCÈNE III

ANDRÉ GÉRARD, MARGUERITE, LE DOCTEUR.

ANDRÉ GÉRARD.

A-t-on apporté des lettres pour moi, ma fille?

MARGUERITE.

Non, mon père.

ANDRÉ GÉRARD, à part.

Il ne me répondra pas, vous verrez.

LE DOCTEUR.

Evitez les émotions, André.

ANDRÉ GÉRARD.

Je suis calme. (A Marguerite qui monte.) Tu es bien sûre, Marguerite, que personne n'est venu me demander?...

MARGUERITE.

Personne.

ANDRÉ GÉRARD.

Retourne auprès de ta mère... ne la quitte pas. (Marguerite monte.)

SCÈNE IV

LE DOCTEUR, ANDRÉ GÉRARD.

ANDRÉ GÉRARD, amèrement au docteur.

Vous voyez, docteur, monsieur de Morand ne m'a pas même répondu. Je lui ai pourtant raconté ma vie... toute ma vie!...

LE DOCTEUR.

Il fera mieux, André, il viendra lui-même vous apporter sa réponse.

ANDRÉ GÉRARD.

Je n'aurais pas dû écrire!... mais que voulez-vous? je me suis défié pour la première fois de mes forces... (Portant la main à son cœur.) Ah!... (S'écoutant.) Ce que j'éprouve est étrange.... il me semble... (Respirant.) C'est passé!

LE DOCTEUR, à part.

Une hémoptysie! plus que cela peut être!...

ANDRÉ GÉRARD, à lui-même.

Je n'aurais pas dû écrire! (Écoutant.) On vient! (Le Docteur va regarder.)

LE DOCTEUR.

C'est lui!

ANDRÉ GÉRARD.

Cet homme m'apporte ou la vie ou la mort... je le sens là!...

LE DOCTEUR.

Espérez!... Je vous laisse... Faites-moi savoir le résultat de votre entrevue... Non, je reviendrai. (Morand entre, le Docteur va à lui.)

LE DOCTEUR, bas à Morand.

Vous allez être le juge d'un homme que Dieu seul devrait juger, soyez à la hauteur de votre mission, monsieur.

MORAND, gravement.

Ce n'est pas moi, c'est la société qui le jugera par ma bouche.

LE DOCTEUR, à part.

Hélas! (Il sort.)

SCÈNE V

ANDRÉ GÉRARD, MORAND.

MORAND.

J'ai lu votre lettre, André : je dirai votre histoire, car vous n'avez rien omis de votre vie; je dirai vos confessions; car dans le dépouillement sévère de vos actes on vous sent en face de la vérité et comme en présence de Dieu. Je vous crois enfin. (Il lui tend la main.)

ANDRÉ GÉRARD, la lui prenant.

Vous ne saurez jamais tout le bien que vous me faites!... Ah! j'ai été bien inspiré en appelant de votre fils à vous, de sa trahison à votre loyauté!

MORAND.

C'est votre main dans la mienne que je veux vous répondre.

ANDRÉ GÉRARD, retirant sa main.

Vous avez condamné ma fille !

MORAND.

Dieu m'est témoin que le malheur de Marguerite est aussi un malheur pour moi, et qu'une alliance entre nous serait possible si le monde pouvait vous voir par mes yeux et vous juger avec mon cœur.

ANDRÉ GÉRARD.

Vous êtes un homme d'honneur, monsieur, vous m'avez absous en me serrant la main. vous n'avez pas le droit de refuser à mon enfant la réparation qui lui est due.

MORAND.

Vous oubliez le monde.

ANDRÉ GÉRARD.

Le monde? Dois-je vous dire toute ma pensée, monsieur? Vous semblez vous faire un bouclier de ses exigences et de ses susceptibilités; mais le monde ignore mon secret... mon fatal secret est enseveli au fond de votre âme.

MORAND.

Le misérable qui vous a perdu peut parler, et ce qui est encore un mystère aujourd'hui peut n'être plus un secret demain.

ANDRÉ GÉRARD.

Eh bien! votre probité répondra de la mienne, et vous prouverez que la conscience d'un honnête homme vaut souvent mieux que la conscience publique.

MORAND.

Vous me supposez une force d'initiative que je n'ai pas, ou vous vous trompez sur la portée de vos actes.

ANDRÉ GÉRARD.

Je vous suppose le courage de vos idées.

MORAND.

Et le monde?

ANDRÉ GÉRARD.

Vous l'entraîneriez par votre exemple !...

MORAND.

Et l'opinion?

ANDRÉ GÉRARD.

Vous la domineriez par votre conscience!

MORAND.

Vous me demandez une alliance que la société seule peut consacrer; je vous juge avec les exigences de cette société que vous invoquez.

ANDRÉ GÉRARD.

J'aurais dû ne penser qu'à moi, n'est-ce pas?... Oh! les hommes!... Ils ne comprendront jamais l'amour du sacrifice!... J'avais charge d'âmes, je les ai sauvées comme j'ai pu!

MORAND.

Mon père avait une famille .. famille nombreuse qui vivait sur l'ave r... Il n'a pas eu à rougir d'un seul de ses actes...

ANDRÉ GÉRARD.

C'était un élu!...

MORAND.

Non, mais il luttait dans les limites et sur le terrain choisi par les lois, marqué par les mœurs, labouré et ensemencé par les bras invisibles des générations passées qu'il continuait. Il y a de certaines lois d'honneur qu'il ne faut pas enfreindre. Le dévouement même a ses bornes. Votre vie, si elle était donnée en exemple, saperait la société par sa base: crimes et vertus ne relèveraient plus que de notre conscience; le coupable, comme l'innocent, pourrait victorieusement en appeler à ce témoin intérieur que Dieu seul peut attendre. Je sens tout le mal que je vous fais; mais je voudrais vous convaincre, André, que l'obstacle au bonheur de votre enfant est ailleurs que dans ma volonté. Tenez, je suppose Marguerite mariée... La voilà dans le monde... dans l'éblouissement de sa nouvelle fortune, dans l'enivrement de sa jeunesse et de son bonheur... verra-t-elle sans défaillir le spectre de votre passé qu'on peut évoquer, et qu'on évoquera?... Et si elle nie, on racontera votre vie... et si elle s'obstine, on vous désignera du doigt en disant: Le voilà!... (Mouvement d'André qui porte son bonheur à se toucher.) Vous m'avez compris, car vous avez pâli. Maintenant, réfléchissez. Votre pâleur a été la réponse de votre désespoir, j'attends celle de votre raison. (Pause.)

ANDRÉ GÉRARD.

Vous m'avez bien fait souffrir!... et tout cela sur une supposition!... mais non, cette supposition est déjà une réalité pour vous!... (Pause.) Tenez, déchirons le voile au lieu de le soulever. Vous êtes venu me demander de renier mon enfant?

André!

MORAND.

Oui, l'arracher vivante de mon cœur?

André!

ANDRÉ GÉRARD.

Mon Dieu, vous n'aviez qu'à me dire : Marguerite ne sera jamais la femme d'Henri vous présent, et j'aurais disparu... vous mort, et je mourrais!... j'ai sacrifié bien autre chose que la vie pour eux!... et vous ne m'auriez pas traîné deux heures durant sur la claie brûlante de mes souvenirs!... Personne ne songe à accuser les morts, dois-je mourir?...

MORAND.

Votre mort serait la honte et le remords de ma vie.

ANDRÉ GÉRARD.

C'est donc mon exil que vous voulez?... Ah! j'eusse mieux aimé mourir!... Enfin, n'importe, je partirai!...

Marguerite n'y consentirait jamais.

ANDRÉ GÉRARD.

Marguerite... ah! vous voulez qu'elle s'engage aussi... Eh bien! soit!... les oiseaux oublient vite le nid qui les a bercés!... (Regardant autour de lui.) Oh! mon pauvre nid de misère, tu n'auras plus le duvet de sa jeunesse pour t'égayer!... Elle descend!... les enfants ne pensent qu'à eux, je vous réponds d'elle!... (Marguerite descend.) La voilà! la voilà! (Morand se retire dans le fond. — Marguerite traverse la scène.)

SCÈNE VI

ANDRÉ GÉRARD, MARGUERITE, MORAND, dans le fond.

ANDRÉ GÉRARD, à part, en la regardant.

Ah! je ne pourrai jamais! .. (Il se laisse tomber sur un siège.)

MARGUERITE, courant à André, sans voir Morand.

Mon père!...

ANDRÉ GÉRARD, se contenant.

Ce n'est rien!... approche cette chaise et causons.

MARGUERITE.

Non, à vos pieds, mon père!... (Elle s'assied sur un tabouret à ses pieds.)

ANDRÉ GÉRARD, lui passant les mains sur la tête.

Soit!... comme au temps passé, quand tu étais petite, et que tu avais besoin de moi!... (La regardant.) Comme tu es pâle, mon enfant! tes joues sont creuses!... (Tristement.) Ton doux sourire, qu'en as-tu fait?... comme la douleur te tuerait vite, toi!... Enfin, tu vivras!... je veux l'envoyé de ton bonheur, tu seras l'épouse d'Henri... monsieur de Morand y consent!...

MARGUERITE.

Monsieur de Morand?...

ANDRÉ GÉRARD.

Oui!

MARGUERITE, portant avec joie la main à son cœur.

Ah!...

ANDRÉ GÉRARD, à part.

Je me consolerai en la bénissant de loin!

MARGUERITE.

Mon bon père!... Vois-tu, je serais morte sans cela!... J'avais l'air résigné, je mentais... calme, je mentais... j'avais des orages qui me montaient du cœur et expiraient avec peine sur mes lèvres... je serais morte, voilà tout! (L'embrassant avec transport.) Mon bon père! mon bon père!...

ANDRÉ GÉRARD, à part avec douleur.

Elle consentira!

MARGUERITE, avec joie.

Oh! Henri!...

ANDRÉ GÉRARD, à part.

Elle consentira!... allons tant mieux!...

MARGUERITE.

Tu pleures?... (Lui essuyant les yeux.) Ah! les méchantes larmes!...

ANDRÉ GÉRARD.

Eh bien! oui, des larmes... c'est la rosée que Dieu nous envoie pour rafraîchir notre âme!...

MORAND, à part, dans le fond.

Je donnerais mon sang pour ne pas voir souffrir cet homme ainsi.

ANDRÉ GÉRARD.

Voyons, écoute...

MARGUERITE, avec joie.

Oui, parle, parle!

ANDRÉ GÉRARD, avec effort.

Après votre mariage...

MARGUERITE, avec joie.

Oh!...

ANDRÉ GÉRARD.

Je veux m'éviter la douleur de te voir partir au bras d'un autre.

MARGUERITE.

Je ne te quitterai jamais!

ANDRÉ GÉRARD.

Nous désirons retourner à l'Eauzan, ta mère et moi.

MARGUERITE.

Nous séparer?

ANDRÉ GÉRARD.

Que veux-tu?... la vieillesse est égoïste... je me consolerai à voir pousser les arbres que j'aurai plantés et mûrir les fruits que j'attendrai.

MARGUERITE.

Où voulez-vous que je prenne la force de vous croire quand vous n'avez pas le courage de me parler?

ANDRÉ GÉRARD, lui prenant la main.

Voyons... tu dois me comprendre... de certains souvenirs... ma présence enfin serait un scandale pour toi... tu me comprends, n'est-ce pas?

MARGUERITE, se levant.

Oui, je comprends... on met mon bonheur au prix d'une lâcheté?

ANDRÉ GÉRARD.

Une lâcheté?

MARGUERITE.

Oui, je comprends... on veut que je vous outrage et vous insulte!

ANDRÉ GÉRARD.

Marguerite.

MARGUERITE.

Rougir de vous?... moi?... Ah! j'ai encore cette pudeur du respect qui m'agenouille devant vous... je suis votre fille, je reste votre fille, je refuse!..

ANDRÉ GÉRARD.

Je suis payé de tout ce que j'ai souffert!... (A Morand, avec orgueil.) Mon sang est bon, monsieur!...

MARGUERITE, se retournant.

Monsieur de Morand!

MORAND, s'avançant.

André, je vous demande la main de votre fille?... Ah! pauvre cœur que j'ai froidement torturé!... oui, je vous demande sa main!.. Nous irons tous deux, tête haute, et celui qui doutera de vous, doutera de moi!... Encore une fois, André, je vous demande la main de votre fille?

ANDRÉ GÉRARD, lui baisant les mains.

Ah!... (Tombant à genoux, avec joie.) Oh! Dieu de bonté, Dieu de miséricorde!... (Portant la main à son cœur.) Ah!... (Portant son mouchoir à sa bouche.) Ma joie m'a tué!

MORAND, le relevant.

André!... vous chancelez?...

MARGUERITE.

Mon père!

ANDRÉ GÉRARD, bas à Morand.

Eloignez ma fille! (Il lui montre son mouchoir ensanglanté.)

MORAND, avec épouvante.

Dieu!...

MARGUERITE.

Du sang!..

ANDRÉ GÉRARD.

Tais-toi, tu tuerais ta mère si elle l'entendait!

MORAND.

Vite, un médecin!

MARGUERITE, courant à la porte.

Oui, oui... Ah! voici le docteur! (Le Docteur entre.)

SCÈNE VII

LES MÊMES, LE DOCTEUR.

MARGUERITE.

Sauvez mon père, docteur, sauvez-le, sauvez-le!

LE DOCTEUR.

De l'air! (Marguerite ouvre la fenêtre.)

ANDRÉ GÉRARD.

Merci, mon enfant... tu me mets face à face avec l'œuvre de Dieu!... O soleil couchant! ô nature splendide! à vous ma première heure de repos... J'ai vécu près de vous et avec vous sans avoir eu le temps de vous connaître, mais je vous quitte en vous admirant!... Oh! salut! salut!... (Louise revient conduisant Henri, les enfants les suivent.)

SCÈNE VIII

LES MÊMES, HENRI, LOUISE.

MORAND, à Henri, en lui montrant André.

Embrassez votre père.

HENRI, se jetant aux pieds d'André.

Oh!

ANDRÉ GÉRARD.

Mon fils! (En lui montrant Marguerite.) Rendez-lui en bonheur ce qu'elle a perdu en dignité pour vous. — Je vous bénis, mes enfants! (A Morand.) Merci, monsieur, merci! (Il retombe épuisé dans le fauteuil. — On pleure. — Se ranimant.) Voyons, ne pleurez pas!... étouffez vos cris!.. Votre mère est là-haut... et si je meurs sans la revoir, c'est pour que l'émotion de ma mort ne la tue pas!... Oh! Marcelle... Marcelle!... reçois mon âme dans ces derniers baisers!... (Le Docteur le soutient.) Pourquoi regarder la mort avec épouvante?... elle nous ramène vers Dieu!... (Se redressant.) Voyez, mon âme reprend ses ailes!... Je ne meurs pas, je me réveille... je ne meurs pas, je me repose! (Il meurt.)

LE DOCTEUR, lui posant la main sur le cœur.

Mort!

FIN.